William Shakespeare, Otto Gildemeister

König Heinrich der Sechste

Dritter Teil

William Shakespeare, Otto Gildemeister

König Heinrich der Sechste
Dritter Teil

ISBN/EAN: 9783743404168

Hergestellt in Europa, USA, Kanada, Australien, Japan

Cover: Foto ©Andreas Hilbeck / pixelio.de

Manufactured and distributed by brebook publishing software
(www.brebook.com)

William Shakespeare, Otto Gildemeister

König Heinrich der Sechste

König Heinrich der Sechste.

Dritter Theil.

Von

William Shakespeare.

Uebersetzt

von

Otto Gildemeister.

Mit Einleitung und Anmerkungen.

Leipzig:

F. A. Brockhaus.

1868.

König Heinrich der Sechste.

Dritter Theil.

Einleitung.

Die entsetzlichste Periode der englischen Geschichte beginnt; unter Strömen Bluts geht ein uraltes Königshaus, gehen die mächtigsten Adelsgeschlechter zu Grunde; das Schlachtfeld, das Schaffot, der Meuchelmord mähen unermüdlich die fürstlichen und die ritterlichen Häupter dahin; Habsucht und Herrschbegier, Haß und Rache wüthen ungezügelt widereinander; alle Bande der bürgerlichen Ordnung lösen sich auf, und selbst die heiligen Rechte der Natur verlieren ihre Geltung in dem Sturme der entfesselten Leidenschaften. Wie das Königshaus sich selbst zerfleischt, wie der Bruder den Bruder, der Oheim die Neffen, der Blutsfreund den Blutsfreund aus dem Wege räumt, der zu Macht und Hoheit führt, so spaltet sich die ganze Nation in zwei feindliche Heerlager, die mit unnatürlichem Grimme einander hinschlachten, der Vater wider den Sohn, der Sohn wider den Vater die Hand erhebend. Denn es fehlt an einer starken und ehrwürdigen Autorität, vor welcher die menschliche Wildheit sich beugt und bändigt; über den harten, eisernen Parteiführern steht ein König, den seine Tugenden selbst unfähig machen, des königlichen Amtes recht zu warten, und der durch seine wehrlose Herzensgüte, wie ein Lamm inmitten reißender Wölfe, sich selbst und das Reich ins Verderben stürzt. Shakespeare fand in seiner historischen Quelle das Motiv, welches er in dem rührenden und ergreifenden Bilde seines passiven königlichen Märtyrers so wirksam veranschaulicht hat, wenigstens angedeutet. An allem Unheil, meint Holinshed, seien zwei Dinge schuld gewesen: die Heirath Heinrich's mit Margaretha von Anjou, welche ihm Adel und Gemeinen entfremdete, und des Königs allzu große Sanftmuth, welcher zu weich (too soft) gewesen sei um einem Reiche vorzustehen, wenngleich übrigens mit allen Tugenden geschmückt, die einem christlichen Monarchen wohl anstehen. Denn wie von Gestalt und Antlitz schön, so war er „von großer Güte, von unendlicher Geduld, aller Laster Feind, frei von jeglicher Rachsucht, gelassen bei allen Schlägen des

Schicksals, aber voll Trauer über jeden Frevel wider Gott, schlicht, aufrichtig, ohne Falsch, von strenger Keuschheit, ganz dem Gebet, dem Schriftlesen und dem Wohlthun ergeben, ohne Habsucht, niemals fluchend, sein Fleisch kasteiend, voll Barmherzigkeit wider seine Feinde". Selbst der protestantische Chronist bewahrt etwas von dem Geruche der Heiligkeit, den die Tugenden dieses Monarchen zu seiner Zeit verbreiteten; Shakespeare hat sich augenscheinlich mit besonderer Liebe in dies Bild unweltlicher Herzenseinfalt versenkt, und vielleicht nur ihm konnte es gelingen, der gänzlichen Unfähigkeit zu königlichen Thaten gleichwol einen leisen Zug königlicher Würde zu verleihen. Auch dafür gab ihm die Chronik die Anregung. Als man einst den frommen Dulder fragte, wie er ungerechterweise die Krone habe behalten mögen, antwortete er: „Mein Vater war König sein Leben lang und ohne Anfechtung, und sein Vater war auch König, und ich ward in der Wiege gekrönt und ausgerufen, ohne Unterbrechung, und hielt das Reich beinahe vierzig Jahre mit Huldigung aller Stände, sodaß ich mit König David sagen mag: das Los ist mir zugefallen auf ehrlichem Grunde; ja, ich habe ein gerechtes Erbe; meine Hülfe steht bei dem Herrn!"

Ueber den Charakter der Königin Margaretha sagt Holinshed nur, sie sei „eine Dame von großem Witz (d. h. Geist) und voll Kühnheit gewesen, nach Ehre begierig und ausgerüstet mit allen Gaben der Weisheit, Vernunft und Politik, nur zu zeiten, ihrem Geschlechte gemäß, unstet und wandelbar wie eine Wetterfahne". Von der nervösen Heftigkeit, der Unbeugsamkeit, der Härte des Charakters, wie ihn der Dichter uns vorführt, sagt Holinshed nichts; diese Züge hat Shakespeare sich aus der Geschichte des Widerstandes abstrahirt, welchen die tapfere Frau so viele Jahre hindurch den furchtbarsten Schicksalen und den gewaltigsten Feinden gegenüber durchführte. Die Unstetigkeit und Wandelbarkeit dagegen hat er auf sich beruhen lassen; diese Fehler sieht man nirgends in den Handlungen der Königin, wie Holinshed sie erzählt, hervortreten, und wahrscheinlich hat in dem Punkte der Dichter die Aehnlichkeit richtiger getroffen als der Historiograph. Er gewann durch die Gestalt Margaretha's eine wirksame Folie für das Bild Heinrich's, doppelt wirksam durch den Unterschied des Geschlechts, und zugleich die erforderliche Motivirung eines politischen Kampfs, welcher ohne sie in der ersten Scene des ersten Acts durch einen Frieden beendigt worden wäre.

Offenbar um gleich in der Exposition des Stücks diesen Gegensatz der Charaktere und ihre verhängnißvolle Bedeutung für das Schicksal des Reichs lebendig hervortreten zu lassen, hat Shakespeare sich mit dem ihm überlieferten Stoffe verschiedene Freiheiten erlaubt. Die Schlacht von Sanct-Albans, mit welcher der zweite Theil „König

Heinrich's des Sechsten" endet, hatte in Wirklichkeit und auch nach Ho=
linshed's Darstellung nicht die bedeutenden Folgen, welche Shakespeare
ihr beilegt; erst fünf Jahre später (1460) wurde bei Northampton
die Macht des Hauses Lancaster von den Truppen York's und War=
wick's so zu Boden geworfen, daß der erstere es wagen konnte,
mit seinen Ansprüchen auf den Thron offen und ernstlich hervor=
zutreten. Margaretha von Anjou flüchtete mit ihrem jungen Sohne
nach Schottland; König Heinrich gerieth in die Gefangenschaft der
Sieger, und widerstandslos und hülflos ward er von ihnen nach
Westminster geführt, wo York vor versammeltem Parlament als legi=
timer Monarch anerkannt zu werden begehrte. Der Dichter läßt
Heinrich zwar geschlagen, aber auf freiem Fuße in Westminster
sich einfinden; er gibt ihm die Möglichkeit weiter zu kämpfen, da=
mit seine Fügsamkeit als ein Ausfluß seiner Sinnesart, nicht als
die Folge unabwendbarer Nothwendigkeit erscheine; und er läßt
Margaretha mit dem Prinzen von Wales bei dem Vergleiche, den
ihr Gemahl mit York eingeht, anwesend sein, um die in der Situa=
tion liegenden Contraste unmittelbar wirken zu lassen und zu zeigen,
wie die zu weit getriebene Versöhnlichkeit des Königs und der
allzu leidenschaftliche Trotz der Königin auf Lancaster'scher Seite so=
wol den Weg des weisen Widerstandes wie den der weisen Ver=
mittelung von vornherein abschneiden.

· Von dieser poetischen Freiheit abgesehen, folgt Shakespeare ge=
nau seiner Geschichtsquelle. Nach Hall's Chronik ritten York und
Warwick unter dem Schall der Trompeten durch die Straßen Lon=
dons nach Westminster und begaben sich in die Halle der Pairs,
wo der Herzog den Thron bestieg und vor den versammelten Lords
in längerer Rede auseinandersetzte, daß die Krone ihm als dem
echten Erben Richard's II. zukomme, während Heinrich VI. seine
Rechte von dem Usurpator Bolingbroke ableite. Die Lords saßen
schweigend da, aber York's Argumente wurden durch seine sieg=
reichen Waffen allzu nachdrücklich unterstützt, als daß man eines
ernstlichen Eingehens auf die eröffnete Controverse sich hätte
entlegen können. So begannen denn Verhandlungen, in denen ge=
nau diejenigen Argumente, welche in der ersten Scene des Dramas
den beiden Rivalen in den Mund gelegt werden, von der einen und
der andern Seite geltend gemacht wurden. York quartierte sich in=
zwischen in der königlichen Residenz ein und geberdete sich überhaupt,
als ob die Krone ihm schon zugesprochen wäre. Als Heinrich ihn
zu einer mündlichen Unterredung zu sich beschied, antwortete er
hochfahrend, daß Heinrich von Lancaster ihm als seinem Lehnsherrn
aufzuwarten habe. Für diesmal sollte er aber das ersehnte Ziel
noch nicht erreichen. So gleichgewogen schienen die beiderseitigen
Rechtstitel, der langjährige Besitz auf der einen Seite, das nähere

Geblütsrecht auf der andern Seite, daß auch York's Freunde sich nicht widersetzen mochten, als ein Vergleich vorgeschlagen ward, nach welchem Heinrich Zeit seines Lebens König bleiben, York aber Regent und Thronfolger sein sollte, letzteres mit Ausschließung des Prinzen von Wales, dessen Rechte man einfach ignorirte.

Margaretha war keineswegs gesonnen, so schimpflichen Bedingungen sich zu unterwerfen. Sie sammelte in den nördlichen Grafschaften die Freunde Lancaster's; die Herzoge von Somerset und von Exeter und Lord Clifford eilten zu ihr; mit 20000 Mann zog sie nach Süden, um ihre gestürzte Herrschaft wieder aufzurichten. Als man in London von ihren Rüstungen vernahm, begab sich York mit dem Grafen von Salisbury nach Yorkshire und schloß sich in seine Burg Sandal ein, von allen Seiten Verstärkungen heranziehend; seinen ältesten Sohn, Edward Grafen von March, schickte er nach Wales und Herefordshire, dort die Vasallen der Mortimers auf die Beine zu bringen; Warwick blieb in London, um den König und die Hauptstadt zu hüten. York hatte nur 5—6000 Mann bei sich, als das Heer der Königin seiner Burg sich näherte; ungestüm und voll Selbstvertrauens, gegen den Rath bedächtiger Freunde, verließ er die sichere Stellung und stürzte sich leichtsinnig der dreifachen Uebermacht entgegen. Bei Wakefield kam es zum Treffen, und schon nach einer halben Stunde waren die Truppen des Regenten zersprengt; er selbst mit seinen beiden Bastard-Oheimen Sir John und Sir Hugo Mortimer wurden erschlagen; der Graf von Salisbury, fiel den Siegern in die Hände und ward Tags darauf enthauptet. York's junger Sohn, Edmund Graf von Rutland, ein siebzehnjähriger oder, wie Holinshed schreibt, zwölfjähriger Knabe, ward, da seines Vaters Kaplan ihn aus dem Blutbade zu retten suchte, von Lord Clifford eingeholt und kniend niedergestoßen. „Weder sein zartes Alter", heißt es in der Chronik, „noch sein kläglich Antlitz, noch seine erhobenen Hände — denn die Sprache war ihm vor Schrecken vergangen — rührten Lord Clifford's grausames Herz, sodaß er wegen dieses unbarmherzigen Mordes an dem jungen Herrn in große Schande gerieth."

Ueber York's Ende sagt Holinshed: „Lord Clifford ließ seiner Leiche den Kopf abhauen und eine Papierkrone drauf setzen und ihn so auf einer Stange zur Königin tragen. Etliche aber schreiben, sie hätten den Herzog lebendig ergriffen und Schimpfs halber auf einen Maulwurfshügel gestellt und ihm eine Krone von Binsen oder Schilfgras auf den Kopf gesetzt, und seien vor ihm niedergekniet, wie die Juden vor Jesu Christo gethan haben, zum Hohn und hätten gesagt: Heil dir, König ohne Reich! Heil dir, König ohne Erbe! Heil dir, Herzog ohne Land und Leute! Und zuletzt, nachdem sie ihn mit solchen und andern Hohnreden verspottet, hätten sie ihm den Kopf abgeschlagen und den der Königin dargebracht. Die Köpfe des Herzogs und des Grafen von Salisbury pflanzten sie am Thore der Stadt York auf."

York's Söhne waren, abgesehen von Rutland, fern von dem Schauplatze dieser Greuel; Edward schlug sich nicht ohne Erfolg in Herefordshire mit den Feinden herum und brachte ihnen bei Mortimer's Kreuz eine Niederlage bei; Richard und George, damals noch Kinder, verweilten mit der Mutter in Burgund. Shakespeare hat es vorgezogen, sie früher, als die Geschichte es rechtfertigt, an den Kämpfen der beiden Rosen thätig Antheil nehmen zu lassen und namentlich Richard als eifrigen und entschlossenen Gehülfen seines Vaters darzustellen. Hierin verfährt er ganz selbständig, nur von künstlerischen Motiven geleitet; denn seine Quellen enthalten natürlich nichts, was ihn zu dieser Anticipation anregen konnte; sie behandeln sogar im weitern Verlaufe der Erzählung den herangewachsenen Richard durchaus als Nebenperson und wissen nichts von ihm zu sagen, was auf die furchtbare Rolle, die er in der Zukunft spielen sollte, hindeuten könnte. In ihren Berichten erscheint er ganz urplötzlich als vollendeter Bösewicht, gestern ein treuer Diener seines Bruders, heute ein verruchter Mörder, der die Söhne dieses Bruders und eine Reihe anderer Verwandter kaltblütig umbringt. Shakespeare konnte seiner ganzen dichterischen Art nach dabei sich nicht beruhigen. Er bedurfte eines innerlichen Zusammenhanges der Ereignisse, einer psychologischen Begründung der gigantischen Missethaten, welche auf der Bühne darzustellen er unternommen hatte, und er zeigte daher, indem er die Chronologie beiseitesetzte, die ersten Keime und Wurzeln jener Enormitäten in den Eindrücken, welche die Seele des jugendlichen Richard während des blutigen Bürgerkriegs empfangen mußte. Zu beachten ist aber, daß die Farben und Striche, welche er auf das Bild des Jünglings verwendet, genau die nämlichen sind, mit denen er hernach den gereiften Mann malt, nur minder energisch, minder scharf, wie der Altersunterschied es erheischt. Es ist das nämliche Gesicht; nur die Furchen werden tiefer und die Brauen ziehen sich drohender zusammen.

Im Jahre 1461 folgte auf die Niederlage des Herzogs von York eine Niederlage des Grafen von Warwick. Er war, als er von dem Ausgange der Schlacht bei Wakefield Nachricht erhielt, von London aufgebrochen, um der Königin den Weg zu verlegen; König Heinrich mußte ihn begleiten. Bei Sanct-Albans, wo schon einmal die beiden Rosen miteinander gekämpft hatten, traf er das feindliche Heer; aber es war als ob der Sieg stets den Fahnen, bei welchen König Heinrich sich befand, den Rücken wenden solle: der sonst stets siegreiche Graf ward von Clifford geworfen. König Heinrich ward von den Seinigen befreit und vereinigte sich wieder

mit seiner Gemahlin und seinem Sohne, dem er noch desselbigen
Tags auf dem Schlachtfelde den Ritterschlag ertheilte. Noch einmal war das Gestirn Lancaster's im Aufsteigen begriffen; aber der
Untergang folgte auf dem Fuße. Warwick vereinigte sich mit dem
Grafen von March, und beide rückten mit dem Aufgebot aller ihrer
Kräfte nach Yorkshire, entschlossen zur Entscheidungsschlacht. Auch
die Gegner hatten aufs äußerste gerüstet, und halb England war
auf den Beinen, um endlich dem Streite der beiden Rosen ein Ende
zu machen. Auf der Ebene bei Towton kam es dann zum Kampfe;
auf beiden Seiten, sagt Holinshed, waren Grimm und Haß aufs
höchste entflammt; jeder hatte den Tod theuerer Blutsverwandter zu
rächen, und furchtbar war daher die Erbitterung, mit welcher gefochten ward. Warwick und Edward aber trugen schließlich den
Sieg davon; das Heer Lancaster's stob in wilder Flucht auseinan-
ander; Lord Clifford fiel; der König und Margaretha flohen nach
Schottland; von den Thoren der Stadt York wurden die Köpfe der
Opfer der Schlacht bei Wakefield herabgenommen und an derselben
Stelle die Häupter hingerichteter Gefangener aufgepflanzt. War-
wick führte den Erben York's im Triumphe nach London; in allen
Städten unterwegs ward derselbe zum König ausgerufen; unter
dem Jubel des Volks ward der schöne, lebenslustige Jüngling zu
Westminster feierlich als Edward IV. gekrönt. Seine Brüder
Richard und George wurden zu Herzogen von Gloster und von
Clarence ernannt.

Die ersten Regierungsjahre des jungen Königs boten dem
Dramatiker keinen Stoff; eine Notiz zum Jahre 1401, daß nämlich
Margaretha mit ihrem Sohne sich nach Frankreich begeben und
von Ludwig XI. die Erlaubniß zu Truppenwerbungen erwirkt
habe, hat Shakespeare in anderm Zusammenhange verwerthet.
Erst das Jahr 1464 lieferte wieder bedeutsame Ereignisse. Heinrich VI. kam verkleidet über die Grenze, ward aber alsbald er-
kannt und ergriffen, nach London gebracht und in den Tower ge-
sperrt. Weshalb er sich nach England wagte, weiß der Chronist
nicht zu erklären; vielleicht sei er „über alle Furcht hinaus", vielleicht
auch nicht mehr bei vollem Verstande gewesen. In das nämliche
Jahr fällt Edward's IV. Heirath mit Elisabeth Grey, über welche
die Chronik Folgendes zu berichten weiß:

Als König Edward fest auf seinem Throne saß, sah er sich
nach einer paßlichen Gemahlin um. Er schickte daher den Grafen
von Warwick nach Frankreich, daß er für ihn um die Prinzeß
Bona, Schwester der Königin von Frankreich, anhalte. Sowol die
Prinzeß als Ludwig XI. nahmen die Werbung günstig auf. Un-
glücklicherweise hatte Edward mittlerweile in dem Hause der Her-
zogin von Bedford, welche damals in zweiter Ehe mit Lord Woode-

ville vermählt war, deren Tochter Elisabeth Woodeville, die Witwe
des Ritters John Grey, der im Kampfe für das Haus Lancaster
bei Sanct=Albans gefallen war, kennen gelernt, und hatte sich so
leidenschaftlich in sie verliebt, daß er sie um jeden Preis zu be=
sitzen begehrte. Die Güter des Sir John Grey waren nach dem
Siege des Hauses York eingezogen worden; nun bat die junge
Witwe den Monarchen, ihr wenigstens ihr Witthum herauszugeben.
„Ihr ehrbares Benehmen, ihr holdes Aussehen, ihr anmuthiges
Lächeln, das weder zu munter noch zu blöde war, dazu ihre an=
genehme Zunge und ihr Witz" bezauberten den König; da sie aber
seine Geliebte zu werden sich weigerte, und das „mit so guter
Art und so wohlgesetzten Worten als man nur ersinnen mag", so
entschloß er sich, ohne jemandes Rath einzuholen, sie zur Gemahlin
zu machen. Seine Mutter bot alles auf, ihm das Vorhaben aus=
zureden; sie erklärte diese Ehe für unmöglich, weil er bereits mit
Lady Elisabeth Lucy verlobt sei, aber alle ihre Vorstellungen blieben
fruchtlos; die arme Rittersfrau wurde wirklich Königin von Eng=
land. Alsbald regnete es Gnaden, Ehren und Reichthümer für
ihre Verwandten. Ihr Vater ward zum Grafen Rivers und zum
Reichsconnetable ernannt; ihren ältesten Bruder Anton verheirathete
der König mit Lord Scales' Erbtochter; eine ihrer Schwestern ver=
mählte sich mit dem Herzog von Buckingham; ihr ältester Sohn
erster Ehe ward Marquis von Dorset und erhielt die reiche Erbin
Lord Bonville's zur Frau. Die alten Anhänger des Hauses York
sahen dies Emporkommen einer bis dahin unbedeutenden Familie
mit steigendem Mißvergnügen; vor allen aber war es Warwick, der
Ursache zum Zorne zu haben glaubte. Er, der mächtigste Mann
im Reiche, der sich als den Schöpfer des neuen Herrscherhauses
betrachten durfte, dessen Ansehen im Lande so groß war, „daß,
wenn er abwesend war, es den Leuten vorkam, als wäre die Sonne
vom Himmel verschwunden", sah seine persönliche Ehre durch den
Schritt des Königs dem fremden Hofe gegenüber aufs ärgste bloß=
gestellt, und von Stund an schwor er dem rücksichtslosen Monarchen
unversöhnlichen Haß. Ludwig XI. dagegen und Bona nahmen die
Sache gelassener; im ersten Augenblick fühlten sie sich wol gekränkt,
bald aber trösteten sie sich, zumal ein anderer annehmbarer Freier
in der Person des Herzogs von Mailand sich einfand.

So, wie gesagt, stellen Shakespeare's Quellen Warwick's Ab=
fall dar; in Wirklichkeit waren wol mehr politische Erwägungen
als persönliche Empfindlichkeiten maßgebend. Es wäre sonst auch
schwer zu erklären, wie die Jahre 1464—69 vergehen konnten,
ohne daß Warwick ein Zeichen seiner Sinnesänderung von sich gab;
denn erst fünf Jahre nach Edward's Heirath brach plötzlich der
Aufstand der Nevils, ihm gänzlich unerwartet, los. Zuerst weihte

Warwick seine beiden Brüder, den Erzbischof von York und John Nevil, welchen Edward IV. zum Marquis von Montacute oder Montague erhoben hatte, in seine Plane ein: er habe sich entschlossen, den falschen und undankbaren Monarchen zu stürzen, der gemeine Leute zu hohen Würden befördere, alte Freunde schnöde behandle. Dann gewann er den Herzog von Clarence, welchen er mit seiner ältesten Tochter Isabella vermählte und dem er wahrscheinlich die Aussicht auf den Thron eröffnete. Anfänglich war das Kriegsglück den Aufständischen hold; nicht allein gewannen sie bei Banbury eine Schlacht, sondern es gelang ihnen auch Edward in seinem Feldlager zu überfallen und gefangen zu nehmen. Allein bald trat eine andere Wendung ein. Der gefangene König ward aus der Haft des Erzbischofs von York, während er in dessen Wildpark jagte, von seinen Freunden befreit, und von diesem Augenblick an begleitete der Erfolg seine Waffen. Warwick und Clarence mußten nach Frankreich entfliehen, und erst jetzt schlossen sie mit ihrer Tod-feindin Margaretha von Anjou jenes Bündniß, welches unter dem Beistande Ludwig's XI. auf Herstellung des Hauses Lancaster ge-richtet war. Der junge Prinz von Wales und Warwick's Tochter Anna vermählten sich, um dem neuen Bunde mehr Festigkeit zu ver-leihen; Clarence aber, welchem mit dieser Vernichtung seiner ehr-geizigen Hoffnungen wenig gedient sein konnte, bereute sehr bald den Abfall von seiner Familie und ließ sich schon in Frankreich in geheime Verhandlungen mit König Edward ein, der ihm lockende Versprechungen machte, wenn er sich von Warwick trennen wolle.

Unterstützt von einer französischen Seemacht, segelte Warwick nach der Küste von Devonshire hinüber. Bei ihm befand sich außer Clarence und dem Grafen von Oxford, einem treuen Freunde des Hauses Lancaster, der Graf von Pembroke, Halbbruder Hein-rich's VI., der Sohn Owen Tudor's, mit welchem Heinrich's V. Wittwe sich verheirathet hatte. Der älteste Sohn aus dieser Ehe, den Heinrich zum Grafen von Richmond gemacht hatte, war da-mals schon gestorben; er hatte aber einen Sohn, Heinrich, hinter-lassen, welcher, um diese Zeit zehn Jahre alt, auf einem Schlosse in Wales als Geisel verwahrt wurde. Warwick ward in England von der Bevölkerung jubelnd empfangen; so rasch und unvorher-gesehen geschah sein Einfall, daß König Edward an Widerstand nicht denken konnte, sondern in größter Eile mit Richard Gloster, Lord Scales, dem Bruder seiner Gemahlin, und Lord Hastings, Warwick's Schwager, übers Meer nach Holland entfloh, ohne Schwertstreich den Gegnern das Reich überlassend. Warwick eilte nach London, wo er an dem nämlichen Tage eintraf, an welchem Edward's IV. hochschwangere Gemahlin sich in die Freistatt von Westminster flüchtete, um dort jenem unglücklichen Prinzen das

Leben zu geben, welcher dreizehn Jahre später von seinem Oheim
Gloster im Tower umgebracht ward. Aus dem Kerker dieser schick=
salreichen Feste ward jetzt nach sechsjähriger Gefangenschaft der ent=
thronte Heinrich hervorgeholt; er mußte Warwick und Clarence zu
Reichsverwesern ernennen und einen Act vollziehen, durch welchen
letzterm die Thronfolge zugesichert ward, falls Heinrich ohne Leibes=
erben sterben sollte. Der Graf von Pembroke beeilte sich inzwischen,
seinen Neffen, den jungen Heinrich von Richmond, aus Wales
nach London zu bringen, wo er ihn dem frommen Könige vorstellte.
Heinrich soll ausgerufen haben: „Diesem Knaben werden wir und
unsere Gegner alles hinterlassen!“ „Sodaß es scheint“, sagt
Holinshed, „daß der heilige Fürst vom Geiste der Weissagung er=
füllt war, wie er denn dermaßen fromm, friedfertig und andächtig
gewesen, daß er dadurch sein Volk sich entfremdete, und höfische
Galanterie nicht so hoch achtete, als für einen so großen Monarchen
sich schickte.“ Als bald darauf das Haus York die Oberhand wieder=
gewann, brachte Graf Pembroke seinen Neffen in Sicherheit an den
Hof des Herzogs der Bretagne, von wo er erst zurückkehrte, um
als Heinrich VII. den englischen Thron zu besteigen.

Im Jahre 1471 landeten Edward und Richard mit ihren Freunden und einer kleinen Schar in Burgund angeworbener Truppen zu
Ravensburg im Norden Englands. Er komme nur, so verkündete
Edward, ganz wie vor Zeiten Bolingbroke, um sein väterliches Her=
zogthum in Anspruch zu nehmen, nicht um dem Könige die Krone
streitig zu machen. Als aber die Anhänger seines Hauses zahlreich
ihm zuströmten, als die Stadt York ihm ihre Thore öffnete, als
viele seiner Freunde, namentlich Sir Francis Montgomery, erklär=
ten, sie wollten wol für den König, nicht aber für den Herzog
von York kämpfen, da warf er die bescheidene Maske rasch ab und
entfaltete keck das königliche Banner. Warwick, eine offene Schlacht
vorsichtig vermeidend, zog hinter den festen Mauern von Coventry
Verstärkungen an sich; Clarence suchte vergebens ihn zu einem Ver=
gleiche mit Edward zu bereden. Lieber wolle er untergehen, als sein
beschworenes Wort brechen, lautete die zornige Antwort. Nun ging
Clarence zum Feinde über, und Warwick's eigener Bruder, der
Erzbischof von York, folgte dem Beispiel. Auch Montague, flüsterte
man ihm zu, sinne auf Abfall und Verrath; aber der Graf ver=
schmähte es hochherzig, den Verdächtigungen Glauben zu schenken.
Als er seine Macht beisammen hatte, rückte er ins Feld und traf
bei Barnet mit seinen Gegnern zusammen. Hier bewährte Richard
von Gloster zum ersten mal seine kriegerische Tüchtigkeit. Er führte
das Vordertreffen und trug wesentlich zu dem glänzenden Erfolge
bei, den Edward's Waffen an diesem Tage errangen. Die beiden
Brüder Warwick und Montague fielen im Gefechte; die Leiche

des gewaltigen Grafen fand man ganz ausgeplündert in einem
Dickicht.

Margaretha von Anjou war eben mit französischen Hülfstruppen
an der Küste gelandet, als sie die Nachricht von dieser unheilbaren
Niederlage erhielt. Alle Hoffnung aufgebend, wollte sie umkehren;
der Herzog von Somerset war es, der sie zur Fortsetzung des
Kampfs überredete. Der blutige Tag bei Tewkesbury machte dem
verzweifelten Unternehmen ein schreckliches Ende; in wenigen Stunden warfen Edward und Richard die Heeresmacht der stolzen Frau
über den Haufen; sie selbst, ihr Sohn und ihre vornehmsten
Freunde fielen den Siegern in die Hände. Der Prinz war von
einem Ritter ergriffen worden, der ihn gegen eine Rente von hundert Pfund und gegen die Zusicherung, daß des Prinzen Leben ge-
schont werden solle, dem Könige auslieferte. Eward fragte den
Jüngling, wie er sich habe erdreisten mögen mit fliegenden Fahnen
in England einzubrechen, worauf der Prinz kühnlich antwortete:
„Um meines Vaters Reich wiederzugewinnen, welches von Großvater und Vater auf ihn vererbt ist und von ihm einst auf mich
vererben wird.“ Der König, ohne ein Wort zu sagen, stieß ihn von
sich oder schlug ihn mit dem Handschuh, worauf Clarence, Gloster,
Hastings und Dorset, welche dabeistanden, ihn jählings ermordeten.
„Und für diese grausame That“, fügt Holinshed hinzu, „mußte
die Mehrzahl der Thäter in spätern Tagen denselben Kelch trinken,
nach Gottes gerechter Vergeltung und verdienter Strafe.“ Margaretha von Anjou ward in Gefangenschaft gehalten, bis ihr Vater
Reignier sie für 50000 Kronen auslöste. Sie starb 1482 in ihrem
Heimatlande.

Jetzt lebte von allen männlichen Nachkommen Johann's von
Gent nur noch Heinrich VI., der nach Edward's IV. Rückkehr
abermals in den Tower hatte wandern müssen. Am 3. Mai war
die Schlacht bei Tewkesbury geschlagen worden, am 19. Mai fand
man Heinrich entseelt in seiner Zelle. „Dem beständigen Gerüchte
zufolge“, sagt Holinshed, „hat Richard Herzog von Gloster ihn
mit dem Dolche niedergestoßen, auf daß sein Bruder Edward in
desto größerer Sicherheit regieren möge“; einige aber schreiben, „er
sei, da er die Niederlage seiner Freunde und seines Sohnes Tod
vernommen, vor Gram gestorben“.

In dem Vorstehenden ist alles enthalten, was Shakespeare
dem überlieferten Stoffe an Motiven und an Anregungen verdankt;
was an dem Werke sein eigen, das Erzeugniß seiner dichterischen
Phantasie ist, ergibt sich danach von selbst. Daß es unendlich viel
mehr ist als eine bloße Dialogisirung der Chronik, wie einige
haben behaupten wollen, liegt auf der Hand.

––––––––

König Heinrich der Sechste.

Dritter Theil.

Perſonen.

König Heinrich der Sechſte.
Edward Prinz von Wales, ſein Sohn.
Ludwig der Elfte, König von Frankreich
Herzog von Somerſet
Herzog von Exeter
Graf von Oxford
Graf von Northumberland   } Anhänger König Heinrich's.
Graf von Weſtmoreland
Lord Clifford
Richard Plantagenet, Herzog von York.
Edward Graf von March, ſpäter König Edward der Vierte,
Edmund Graf von Rutland,
Georg, nachmals Herzog von Clarence,   } ſeine Söhne.
Richard, nachmals Herzog von Gloſter,
Herzog von Norfolk,
Marquis von Montague,
Graf von Warwick,
Graf von Pembroke,   } von der Partei des Herzogs von York.
Lord Haſtings,
Lord Stafford,
Sir John Mortimer,   } Oheime des Herzogs von York.
Sir Hugo Mortimer,
Heinrich, der junge Graf von Richmond.
Lord Rivers, Bruder der Lady Grey.
Sir William Stanley.
Sir John Montgomery.
Sir John Somerville.
Der Hofmeiſter Rutland's.
Der Burgemeiſter von York.
Der Commandant des Tower.
Ein Edelmann.
Zwei Förſter.
Ein Jäger.
Ein Sohn, der ſeinen Vater umgebracht hat.
Ein Vater, der ſeinen Sohn umgebracht hat.

Königin Margaretha.
Lady Grey, nachmals Gemahlin Edward's des Vierten.
Bona, Schweſter des Königs von Frankreich.

Soldaten. Gefolge. Boten, Trabanten u. ſ. w.

Die Scene iſt im dritten Aufzuge theilweiſe in Frankreich, während des übrigen Stückes
in England.

Erster Aufzug.

London. Das Parlamentshaus.

Trommeln. Einige Soldaten von York's Partei brechen ein. Dann kommen der Herzog von York mit seinen Söhnen Edward und Richard, der Herzog von Norfolk, Montague, Warwick und andere, mit weißen Rosen an den Hüten.

Warwick.

Mich wundert's, wie der König uns entkam.

York.

Da wir die nordische Reiterei verfolgten,
Stahl er sich sacht von seinen Leuten fort;
Worauf der große Lord Northumberland,
Deß tapfres Ohr nie Rückzug dulden konnte,
Sein wankend Heer auffrischte und er selbst,
Clifford und Stafford, all in Einer Reih',
Auf unsre Hauptfront stürmten und, einbrechend,
Vom Schwert gemeiner Leut' erschlagen wurden.

Edward.

Der Herzog Buckingham, Lord Stafford's Vater,
Ist todt entweder oder schwer verwundet,
Ich spaltet' ihm den Helm mit derbem Hieb:
Daß dieses wahr ist, Vater, schaut sein Blut.

(Er zeigt sein blutiges Schwert.)

Montague (ebenso).

Und, Bruder, hier das Blut des Grafen Wiltshire,
Den ich erschlug, als es zum Treffen kam.

1*

Richard (Somerset's Kopf hinwerfend).

Sprich du für mich; sag' ihnen, was ich that.

York.

Richard verdient den Preis von meinen Söhnen.
Wie, ist Eu'r Gnaden todt, Mylord von Somerset?

Norfolk.

So geh's dem ganzen Stamm Johann's von Gent!

Richard.

So hoff' ich König Heinrich's Kopf zu schütteln.

Warwick.

Und ich mit Euch. — Siegreicher Prinz von York,
Bis ich dich sitzen seh' auf diesem Thron,
Den jetzt das Haus von Lancaster sich anmaßt,
Bei Gott, soll'n diese Augen nie sich schließen!
Dies hier ist der Palast des feigen Königs,
Und dies der Herrschersitz: besteig ihn, York;
Dir kommt er zu, nicht König Heinrich's Erben.

York.

Hilf mir, mein lieber Warwick, und ich will's;
Denn wir sind eingebrochen mit Gewalt.

Norfolk.

Wir alle helfen Euch; wer flieht, soll sterben.

York.

Dank, lieber Norfolk. — Bleibt bei mir, Mylords;
Und ihr, Soldaten, nehmt hier Nachtquartier.

Warwick.

Und wann der König kommt, braucht nicht Gewalt,
Wofern er nicht versucht euch zu vertreiben.
        (Die Soldaten ziehen sich zurück.)

York.

Die Königin hält hier heute Parlament,
Doch ahnt sie kaum, daß wir mitrathen werden.
Wort oder Schwert schaff' uns hier unser Recht.

Richard.

Gewaffnet wie wir sind, laßt hier uns bleiben.

Warwick.

Plantagenet, Herzog von York, sei König,
Und der verschämte Heinrich abgesetzt,
Deß Feigheit uns zum Spott der Feinde macht;
Sonst soll dies Parlament „das blut'ge" heißen!

York.

Dann, meine Lords, verlaßt mich nicht, seid fest;
Ich will von meinem Recht Besitz ergreifen.

Warwick.

Weder der König noch sein bester Freund,
Der Stolzeste, der Lancaster vertheidigt,
Fliegt auf, wenn Warwick seine Glöcklein schüttelt.
Ich pflanz' Plantagenet; rauf' ihn aus, wer's wagt!
Entschließ dich, Richard, fordre Englands Krone.

(Warwick führt York zum Thron, der sich daraufsetzt. Trompetenfanfare. König
Heinrich, Clifford, Northumberland, Westmoreland, Exeter und andere
treten auf, mit rothen Rosen an den Hüten.)

König Heinrich.

Seht, Lords, da sitzt der trotzige Rebell
Gar auf des Reiches Stuhl! Es scheint, er trachtet
Gestützt auf Warwick's Macht, des falschen Pairs,
Nach unsrer Kron' und will als König herrschen. —
Northumberland, dein Vater fiel durch ihn;
Und deiner, Clifford; und ihr beide schwurt ihm Rache,
Ihm, seinen Söhnen, Günstlingen und Freunden.

Northumberland.

Räch' ich mich nicht, so räch' an mir sich Gott!

Clifford.

Die Hoffnung macht, daß ich in Eisen traure.

Westmoreland.

Was, sollen wir dies leiden? Reißt ihn nieder!
Mein Herz vor Ingrimm brennt; ich halt's nicht aus.

König Heinrich.

Geduld, mein lieber Graf von Westmoreland.

Clifford.

Geduld ist gut für Feiglinge wie er:
Er säß' da nicht, wenn Euer Vater lebte.

Mein gnäd'ger Lehnsherr, hier im Parlament
Laßt uns das Haus von York zu Boden schlagen.

Northumberland.

Sehr wohl gesprochen, Vetter: ja, so sei's!

König Heinrich.

Ach, wißt ihr's nicht? die Stadt begünstigt sie,
Und ihre Truppen warten nur des Winkes.

Exeter.

Sie werden fliehn, wann York erschlagen ist.

König Heinrich.

Fern sei von Heinrich's Herzen der Gedanke,
Ein Schlachthaus aus dem Parlament zu machen;
Nein, Vetter, Stirnerunzeln, Wort' und Drohung,
Das ist der Krieg, den Heinrich führen wird.

(Sie schreiten gegen York vor.)

Rebellischer Herzog York, verlaß den Thron,
Und knie um Gnad' und Huld zu meinen Füßen:
Ich bin dein Fürst und Herr.

York.

Ich bin der deine.

Exeter.

Pfui! Komm herab;
Er machte dich zum Herzoge von York.

York.

Es war mein Erbtheil, wie's die Grafschaft war.

Exeter.

Dein Vater war Verräther an der Krone.

Warwick.

Du, Exeter, bist Verräther an der Krone,
Da du dem Usurpator Heinrich folgst.

Clifford.

Wem sollt' er folgen als dem echten König?

Warwick.

Ja, Clifford, das ist Richard, Herzog York.

König Heinrich.

Und soll ich stehn? und du auf meinem Thron?

York.

So muß und soll es sein; gib dich zur Ruh.

Warwick.

Sei Herzog Lancaster, und er sei König.

Westmoreland.

König ist er und Herzog Lancaster:
Das wird der Lord von Westmoreland behaupten.

Warwick.

Und Warwick widerlegen. Ihr vergeßt
Daß wir es sind, die euch vom Felde jagten
Und eure Väter schlugen und durch London
Mit weh'nden Fahnen zogen zum Palast.

Northumberland.

Wohl, Warwick, denk' ich dran, zu meinem Leid,
Und du und dein Geschlecht soll es bereun!

Westmoreland.

Plantagenet, mehr Leben will ich nehmen
Dir, deinen Söhnen, deinen Vettern, Freunden,
Als Tropfen Bluts in meinem Vater waren.

Clifford.

Mahn' uns nicht dran; sonst, Warwick, möcht' ich dir
Anstatt der Worte einen Boten senden,
Der seinen Tod rächt, eh ich mich noch rühre.

Warwick.

Der arme Clifford!
Wie tief veracht' ich sein werthloses Drohn!

York.

Wollt Ihr, daß wir darlegen unser Thronrecht?
Wo nicht, sei unser Anwalt denn das Schwert.

König Heinrich.

Was für ein Thronrecht hättest du, Verräther?
Dein Vater war wie du Herzog von York,
Und deiner Mutter Vater Graf von March.

Ich bin der Erb' und Sohn Heinrich's des Fünften,
Der Frankreich und den Dauphin einst gebeugt
Und ihre Städt' und Land' erobert hat.

Warwick.

Sprich nicht von Frankreich; du verlorst es ja.

König Heinrich.

Nicht ich, der Lord Protector hat's verloren:
Als ich gekrönt ward, zählt' ich erst neun Monde.

Richard.

Jetzt seid Ihr alt genug, und doch verliert Ihr wol. —
Vater, reißt die angemaßte Kron' ihm ab!

Edward.

Thut's, lieber Vater; setzt sie Euch aufs Haupt!

Montagne (zu York).

Mein Bruder, so du Waffen liebst und ehrst,
So laß uns fechten drum, statt hier zu keifen.

Richard.

Trommelt und blast, da wird der König fliehn.

York.

Still, Söhne!

König Heinrich.

Still du, und gönn' dem Könige das Wort.

Warwick.

Erst soll Plantagenet sprechen; hört ihn, Lords;
Und Ihr desgleichen schweigt und gebet Acht,
Denn wer ihn unterbricht, der soll nicht leben.

König Heinrich.

Glaubst du, daß ich den Königsthron verließe,
Worauf mein Vater und Großvater saß?
Nein, erst entvölkere der Krieg mein Reich,
Und ihr Panier, das oft in Frankreich wehte,
Und jetzt in England weht mir sehr zum Kummer,
Sei erst mein Grabtuch. — Warum zagt ihr, Lords?
Mein Recht ist gut und besser weit als seins.

Warwick.

Beweis' es, Heinrich, und sollst König sein.

König Heinrich.

Heinrich der Viert' erwarb den Thron als Sieger.

York.

Nein, durch Empörung wider seinen König.

König Heinrich (bei Seite).

Was sag' ich nur hierauf? Mein Recht ist schwach. —
Sagt, kann ein König nicht den Erben wählen?

York.

Was weiter?

König Heinrich.

Wenn er es kann, so bin ich Euer König;
Denn Richard hat im Beisein vieler Lords
Den Thron dem vierten Heinrich abgetreten;
Deß Erbe war mein Vater; dessen ich.

York.

Er war im Aufstand wider seinen Herrn
Und zwang ihn mit Gewalt, den Thron zu räumen.

Warwick.

Nehmt an, er hätt' es ohne Zwang gethan:
Wär' das ein Präjudiz für seine Krone?

Exeter.

Nein; denn er konnt' auf sie nicht so verzichten,
Daß nicht der nächste Erbe folgen mußte.

König Heinrich.

Du gegen uns, Herzog von Exeter?

Exeter.

Er hat das Recht; darum verzeihet mir.

York.

Was flüstert ihr, Mylords, und gebt nicht Antwort?

Exeter.

Ich halt' in Wahrheit ihn für unsern König.

König Heinrich.

Sie werden alle übergehn zu ihm.

Northumberland.

Plantagenet, troß aller deiner Gründe
Glaub' nicht, wir ließen Heinrich so entseßen.

Warwick.

Er wird entseßt, der ganzen Welt zum Troß.

Northumberland.

Du täuschest dich: all deine Macht im Süden,
In Essex, Norfolk, Suffolk oder Kent,
Die dich so stolz und übermüthig macht,
Kann nicht den Herzog mir zum Troß erhöhn.

Clifford.

Ob König Heinrich recht, ob unrecht hat:
Lord Clifford schwört, für seinen Thron zu kämpfen.
Der Boden gähn' und schlinge mich lebendig,
Auf dem ich knie' vor meines Vaters Mörder!

König Heinrich.

O Clifford, wie dein Wort mein Herz belebt!

York.

Heinrich von Lancaster, entsag' der Krone! —
Was murmelt ihr? was habt ihr vor, Mylords?

Warwick.

Thut diesem hohen Herzog York sein Recht;
Sonst füll' ich mit Bewaffneten das Haus,
Und über jenen Prachtstuhl, wo er sißt,
Schreib' ich sein Recht mit Usurpatorblut!

(Er stampft mit dem Fuße, und die Soldaten zeigen sich.)

König Heinrich.

Mylord von Warwick, hört ein einzig Wort:
Laßt mich auf Lebenszeit als König herrschen.

York.

Bestät'ge mir die Kron' und meinen Erben,
So sollst du ruhig herrschen, bis du stirbst.

König Heinrich.

Ich geh' es ein: Richard Plantagenet,
Das Königreich sei dein nach meinem Hintritt.

Clifford.

Welch Unrecht an dem Prinzen, Eurem Sohn!

Warwick.

Welch ein Gewinn für England und ihn ſelbſt!

Weſtmoreland.

Furchtſamer, niedriger, verzagter Heinrich!

Clifford.

Wie haſt du dir und uns zu nah gethan!

Weſtmoreland.

Ich kann nicht bleiben, dieſen Pact zu hören.

Northumberland.

Ich auch nicht.

Clifford.

Kommt, melden wir dies Stück der Königin.

Weſtmoreland.

Leb' wohl, entarteter, kleinmüth'ger König,
Deß kaltes Blut kein Fünkchen Ehre birgt!

Northumberland.

Werd' eine Beute du dem Hauſe York,
Und ſtirb in Banden für die feige That!

Clifford.

Im fürchterlichen Krieg erliege ſtets,
Im Frieden leb' verlaſſen und verachtet!

(Northumberland, Weſtmoreland und Clifford ab.)

Warwick.

Hierher ſieh, Heinrich; achte nicht auf ſie.

Exeter.

Sie ſuchen Rache; darum trotzen ſie.

König Heinrich.

Ach, Exeter!

Warwick.

Was ſeufzet Ihr, mein Fürſt?

König Heinrich.

Nicht um mich selbst, Mylord, um meinen Sohn,
Den unnatürlich ich enterben soll. —
Doch sei es wie es will, hiermit vermach' ich
Den Thron auf immer dir und deinen Erben,
Mit der Bedingung, daß du hier beschwörst,
Den Bürgerkrieg zu endigen und mich,
Solang' ich leb', als Souverän zu ehren,
Und weder durch Verrath noch offne Feindschaft
Nach meinem Sturz zu trachten und dem Reich.

York (vom Throne steigend).

Den Eidschwur leist' ich gern und will ihn halten.

Warwick.

Lang' lebe König Heinrich! — Plantagenet, umarm' ihn.

König Heinrich.

Lang' leb' auch du und deine rüst'gen Söhne!

York.

Nun wären York und Lancaster versöhnt.

Exeter.

Der sei verflucht, der sie entzweien will!
(Trompeten. Die Lords treten vor.)

York.

Lebt wohl, mein Fürst; ich will nach meiner Burg.

Warwick.

Ich will die Stadt mit meinen Truppen halten.

Norfolk.

Ich will nach Norfolk heim mit meinem Volk.

Montague.

Und ich ans Meer zurück, woher ich kam.
(York und seine Söhne, Warwick, Norfolk, Montague mit Soldaten und
Gefolge ab.)

König Heinrich.

Und ich mit Gram und Kummer an den Hof.
(Die Königin und der Prinz von Wales treten auf.)

Exeter.

Da kommt die Königin; ihr Blick droht Zorn.
Ich schleich' mich fort.

König Heinrich.

Exeter, ich geh' mit.

Königin.

Nein, geh nicht fort von mir; ich will dir folgen.

König Heinrich.

Sei ruhig, liebes Weib, so will ich bleiben.

Königin.

Wer könnte ruhig sein in solcher Noth?
Unsel'ger Mann, ich wollt', ich wär' gestorben,
Eh ich dich sah und dir den Sohn gebar,
Da du dich so als Rabenvater zeigst!
Hat er's verdient, sein Erbrecht zu verlieren?
Hättst du ihn halb so sehr geliebt wie ich,
Hättst du für ihn gelitten was ich litt,
Und ihn genährt wie ich mit meinem Blut:
Dein bestes Herzblut hätt'st du eh'r gelassen,
Als jenen Wütherich erwählt zum Erben
Und diesen deinen einz'gen Sohn enterbt.

Prinz.

Vater, Ihr könnt mir nicht mein Erbtheil nehmen:
Wenn Ihr der König seid, so muß ich folgen.

König Heinrich.

Verzeih mir, Margareth; verzeih mir, lieber Sohn;
Graf Warwick und der Herzog zwangen mich.

Königin.

Zwangen dich? Bist du König und man zwang dich?
Ich schäme mich dich anzuhören. Feigling!
Du hast dich selbst gestürzt, dein Kind und mich,
Und gabst dem Hause York solch ein Gewicht,
Daß du nur herrschen wirst durch ihre Duldung.
Ihn und sein Haus zur Thronfolg' einzusetzen,
Was ist es anders als dein Grab dir baun
Und lang' vor deiner Zeit hineinzukriechen?
Warwick ist Kanzler, Meister von Calais;
Der trotz'ge Faulconbridge beherrscht den Sund;
Der Herzog ist Protector deines Reichs —

Und du wärst sicher? Solche Sicherheit
Genießt ein zitternd Lamm umringt von Wölfen.
Wär' ich, ein albern Weib nur, hier gewesen,
Sie sollten mich auf ihre Piken schleudern,
Eh ich zu diesem Schluß einwilligte;
Du aber liebst dein Leben mehr als Ehre,
Und weil du's thust, so scheid' ich hier mich selbst
Von deinem Tisch und deinem Bette, Heinrich,
Bis jener Parlamentsschluß ausgetilgt ist,
Der meinem Sohne sein Geburtsrecht raubt.
Die nordischen Lords, die dein Panier verschmähten,
Ziehn meinem nach, sobald sie's fliegen sehn;
Und fliegen soll es, dir zu arger Schmach
Und gänzlichem Ruin des Hauses York!
Also verlass' ich dich. — Komm, Sohn, von hinnen:
Bereit steht unser Heer; komm, ihnen nach!

König Heinrich.

Bleib, liebe Margaretha; laß mich sprechen.

Königin.

Du hast schon allzu viel gesprochen; geh!

König Heinrich.

Edward, mein liebster Sohn, du bleibst bei mir?

Königin.

O ja, damit ihn seine Feind' ermorden!

Prinz.

Wann ich mit Sieg heimkehre aus dem Krieg,
Such' ich Euch auf; bis dahin folg' ich ihr.

Königin.

Komm, Sohn; wir dürfen nicht so zögern; fort!
(Königin und Prinz ab.)

König Heinrich.

Die arme Frau! Die Liebe reißt sie hin,
Für mich und ihren Sohn, zu zornigen Reden.
Gott räche sie an diesem bösen Herzog,
Deß Ehrsucht, von Begier beflügelt, mir
Die Krone kosten und wie ein hungriger Adler
Mein Fleisch zerreißen wird und meines Sohns!
Der Abfall der drei Lords quält mein Gemüth;

Ich werde schreiben und sie freundlich bitten. —
Kommt, lieber Ohm, Ihr sollt der Bote sein.

Exeter.

Und ich, das hoff' ich, werde sie versöhnen.

(Beide ab.)

Zweite Scene.

Ein Zimmer im Schloß Sandal bei Wakefield.

Edward, Richard und Montague treten auf.

Richard.

Bruder, obwol ich jünger bin, erlaubt —

Edward.

Nicht doch; ich kann den Redner besser spielen.

Montague.

Doch ich weiß Gründe von Gewicht und Kraft.

York (tritt auf).

Was gibt es, Söhn' und Bruder? Streitet ihr?
Worüber hadert ihr? Wie fing es an?

Edward.

Kein Hader, blos ein kleines Wortgefecht.

York.

Um was?

Richard.

Um etwas, was Euch selbst betrifft und uns:
Die Krone Englands, welche Euch gehört.

York.

Mir, Knabe? Nicht vor König Heinrich's Tod.

Richard.

Eu'r Recht hängt nicht an seinem Tod und Leben.

Edward.

Jetzt seid Ihr Erbe: drum besitzt sie jetzt.
Laßt Ihr die Lancaster zu Athem kommen,
So laufen sie am End' Euch noch zuvor.

York.

Ich schwor, daß er in Ruh regieren solle.

Edward.

Um eine Krone mag man Eide brechen:
Ich bräche tausend, um ein Jahr zu herrschen.

Richard.

Verhüte Gott, daß Ihr eidbrüchig würdet.

York.

Ich bin's, wenn ich mein Recht mit Krieg verfolge.

Richard.

Erlaubt, ich will das Gegentheil beweisen.

York.

Das kannst du nicht, mein Sohn; es ist unmöglich.

Richard.

Ein Eid hat keine Kraft, man leist' ihn denn
Vor einer echten, richt'gen Obrigkeit,
Die über den Gewalt hat, welcher schwört;
Heinrich hat keine, maßt sie bloß sich an,
Und demgemäß, Mylord, ist Euer Eid,
Weil er ihn abnahm, völlig leer und nichtig.
Darum, zum Kampf! Und, Vater, denkt doch nur,
Wie schön es ist ein Diadem zu tragen,
In dessen Umkreis ein Elysium ist
Und alle Wonn' und Glück, das Dichter träumen!
Weswegen zögern wir? Ich kann nicht ruhn,
Bis sich die weiße Rose, die ich trage,
Im lauen Herzblut Heinrich's färben wird.

York.

Genug! Ich werde König oder sterbe. —
Bruder, du sollst nach London alsobald
Und Warwick spornen für dies Unternehmen. —
Du, Richard, sollst zum Herzoge von Norfolk
Und heimlich unsern Vorsatz ihm vertraun. —
Ihr, Edward, sollt zu Mylord Cobham hin,
Mit dem die Kenter willig aufstehn werden;
Auf sie verlaß' ich mich; sie sind Soldaten
Klug, fein, von freiem Sinn und voller Muth.

Derweil ihr dies besorgt, was bleibt noch übrig,
Als die Gelegenheit zum Aufstand suchen,
Und so, daß Heinrich nicht den Anschlag merkt
Noch irgendwer vom Hause Lancaster?
                    (Ein Bote tritt auf.)
Doch halt. — Was gibt es, warum so in Hast?

Bote.

Die Königin sammt allen nordischen Lords
Will Euch belagern hier in Eurem Schloß.
Sie ist ganz nah mit zwanzigtausend Mann;
Befestigt also Euren Sitz, Mylord.

York.

Ja wohl, mit meinem Schwert. Meinst du, wir fürchten sie? —
Edward und Richard, ihr sollt bei mir bleiben;
Mein Bruder Montague soll schnell nach London,
Damit Graf Warwick, Cobham und die andern,
Die wir am Hof als Protectoren ließen,
Mit starker Politik sich festigen
Und nicht den Schwüren traun des schwachen Heinrich.

Montague.

Bruder, ich geh'; ich will sie schon gewinnen:
Und nehme dienstergeben meinen Urlaub.
                                        (Ab.)
          (Sir John und Sir Hugo Mortimer treten auf.)

York.

John Mortimer und Hugo, meine Ohme,
Ihr kommt zur guten Stund' in Sandal an:
Das Heer der Königin will uns belagern.

Sir John.

Nicht nöthig; wir begegnen ihr im Felde.

York.

Was, mit fünftausend Mann?

Richard.

Ja, Vater, mit fünfhundert, wenn es gilt.
Ein Weib ist General: was ist zu fürchten?
                    (Ein Marsch in der Ferne.)

Edward.

Horch, ihre Trommeln! Ordnen wir das Volk,
Und dann hinaus und ihnen Schlacht geboten!

York.

Fünf gegen zwanzig — höchst ungleicher Kampf;
Trotz dessen, Oheim, zweifl' ich nicht am Sieg.
In Frankreich hab' ich manche Schlacht gewonnen,
Wo unser Feind zehn gegen einen stand:
Weswegen hätt' ich jetzt geringre Hoffnung?
(Alarmsignale. Alle ab.)

Dritte Scene.

Ebene bei Schloß Sandal.

Getümmel und Angriffe. Rutland und sein Hofmeister treten auf.

Rutland.

Ach, wohin soll ich fliehn vor ihren Händen?
Ach, Meister, seht, da kommt der blut'ge Clifford!
(Clifford und Soldaten kommen.)

Clifford.

Kaplan, hinweg! dich schützt dein Priesterthum.
Hier dieser Balg des gottverfluchten Herzogs,
Deß Vater meinen Vater schlug, — der stirbt.

Hofmeister.

Und ich, Mylord, will ihm Gesellschaft leisten.

Clifford.

Soldaten, fort mit ihm!

Hofmeister.

O Clifford, morde nicht ein schuldlos Kind
Und mach' dich nicht verhaßt bei Gott und Menschen!
(Er wird von den Soldaten mit Gewalt abgeführt.)

Clifford.

Nun, ist er todt schon? oder ist es Furcht,
Was ihm die Augen schließt? Ich will sie öffnen.

Rutland.

So blickt der Löw' im Käfig auf das Lamm,
Das unter seinen gier'gen Tatzen bebt,
Und so sein Opfer höhnend schreitet er,

Und so kommt er und reißt es auseinander.
O, liebster Lord, erschlag mich mit dem Schwert,
Und nicht mit solchem grausam droh'nden Blick!
O, bester Clifford, hör' mich, eh ich sterbe:
Ich bin viel zu gering für deinen Grimm;
Nimm Rach' an Männern, und verschone mich.

Clifford.

Nein, armer Junge; meines Vaters Blut
Verstopft den Eingang, den dein Flehen sucht.

Rutland.

Dann öffne meines Vaters Blut ihn wieder:
Er ist ein Mann, und, Clifford, ficht mit ihm.

Clifford.

Hätt' ich auch deine Brüder hier, ihr Leben
Und deins wär' meiner Rache nicht genug;
Nein, grüb' ich deiner Ahnen Gräber auf
Und hängt' in Ketten ihre faulen Särge,
Es kühlte nicht den Grimm in meiner Brust.
Der Anblick irgendweß vom Hause York
Ist einer Furie gleich und quält mein Herz,
Und bis ich ihr verflucht Geschlecht vertilgt,
Kein Leben schonend, leb' ich in der Hölle.
Darum —

Rutland.

O laß mich beten, eh der Tod mich trifft,
Beten zu dir: Erbarm' dich, liebster Clifford!

Clifford.

So viel Erbarmen, wie die Klinge beut.

Rutland.

Nie kränkt' ich dich; weshalb willst du mich morden?

Clifford.

Dein Vater that's.

Rutland.

Eh ich geboren war.
Du hast 'nen Sohn — schon' mich um seinetwillen,
Daß er zur Rache nicht, weil Gott gerecht ist,
So jämmerlich umkommen mag wie ich.
O, laß mich all mein Tag im Kerker leben,

Und geb' ich Anlaß dir zum Aergerniß,
So tödte mich; jetzt hast du keinen Grund.

Clifford.

Was, keinen Grund?
Dein Vater schlug den meinen todt: drum stirb.
(Er ersticht ihn.)

Rutland.

Di faciant, laudis summa sit ista tuae!
(Er stirbt.)

Clifford.

Plantagenet, ich komm', Plantagenet!
Und deines Sohnes Blut an meiner Klinge
Soll rosten auf der Waffe, bis dein Blut
Mit dem gerinnt — dann wisch' ich beides weg.
(Ab.)

Vierte Scene.

Ebendaselbst.

Getümmel. York tritt auf.

York.

Das Heer der Königin gewinnt das Feld:
Mich rettend fielen meine beiden Ohme;
Und meine Truppen vor dem hitz'gen Feinde
Drehn um und fliehn, wie Schiffe vor dem Wind,
Wie Lämmer vor verhungerten Wölfen fliehn.
Und meine Söhne — Gott weiß, was sie betraf,
Ich weiß nur dies: sie hielten sich wie Männer,
Geboren für den Ruhm in Tod und Leben.
Dreimal hieb Richard eine Bahn zu mir
Und rief dreimal: „Muth, Vater, ficht es aus!"
So oft kam Edward auch an meine Seite
Mit purpurrother Klinge, bis ans Heft
Mit seiner Widersacher Blut bemalt;
Und als zurück die kühnsten Krieger wichen,
Rief Richard: „Einhaun! keinen Schritt zurück!"
Und: „Eine Krone, sonst ein rühmlich Grab!
Ein Scepter, oder eine Gruft im Sande!"

So griffen wir von neuem an; doch, ach,
Wir trieben ab: so sah ich wol den Schwan
Mit eitler Müh der Flut entgegen schwimmen
Und sich am übermächt'gen Strom erschöpfen.
          (Kurzes Getümmel hinter der Scene.)
Da horch, die tödlichen Verfolger nahn!
Und ich bin matt, kann ihre Wuth nicht fliehn,
Und wär' ich stark, wollt' ihre Wuth nicht fliehn.
Der Sandlauf meines Lebens ist gezählt;
Hier muß ich stehn und hier mein Leben enden.
(Königin Margaretha, Northumberland, Clifford und Soldaten kommen.)

York.

Kommt, blut'ger Clifford, stürmischer Northumberland,
Ich stachle eure durst'ge Wuth noch wilder,
Ich bin eu'r Ziel und stehe eurem Schuß.

Northumberland.

Ergib dich unsrer Gnade, stolzer York.

Clifford.

Ja, solcher Gnade, wie sein Mörderarm
Mit derber Zahlung meinem Vater bot!
Nun stürzte Phaeton von seinem Wagen
Und macht beim Mittagszeiger Abendzeit.

York.

Aus meiner Asche mag, dem Phönix gleich,
Ein Vogel steigen, der mich rächt an euch;
In dieser Hoffnung blick' ich auf zum Himmel
Und acht' es nichts, was ihr mir anthun mögt.
Nun, kommt ihr nicht? Was, solche Meng', und Furcht?

Clifford.

So ficht ein Feigling, wann er nimmer fliehn kann;
So pickt die Taube nach des Falken Krallen;
So geifern Dieb', am Leben ganz verzweifelnd,
Schimpfreden auf die Diener des Gerichts.

York.

O Clifford, einmal nur bedenk dich noch
Und geh im Geist mein ganzes Leben durch:
Und wenn du's kannst vor Scham, blick' in dies Antlitz,
Zerbeiß die Zunge, die den feige schilt,
Vor dessen Zorn du sonst erschrakst und flohst!

Clifford.

Ich will mit dir nicht Wort' um Worte tauschen,
Nein, Hiebe wechseln, zweimal zwei für einen.
(Er zieht.)

Königin.

Halt, tapfrer Clifford; denn aus tausend Gründen
Möcht' ich des Frevlers Leben etwas fristen. —
Zorn macht ihn taub! — Sprich du, Northumberland.

Northumberland.

Halt, Clifford; ehr' ihn so nicht, riß' dir nicht
Den Finger, wär's auch um sein Herz zu treffen.
Wär's Tapferkeit, dem Hunde, wenn er fletscht,
Die Hand zu stecken zwischen sein Gebiß,
Wenn man ihn mit dem Fuß fortstoßen kann?
's ist Kriegsrecht, jeden Vortheil zu gebrauchen,
Und zehn zu eins kein Makel für den Muth.
(Sie legen Hand an York, der sich sträubt.)

Clifford.

Ja, ja, so kämpft die Schnepfe mit der Schlinge.

Northumberland.

So zappelt das Kaninchen an der Schnur.
(York wird zum Gefangenen gemacht.)

York.

So jubeln Diebe über ihren Raub,
So fällt der Redliche übermannt von Schächern.

Northumberland.

Was will Eu'r Gnaden, daß mit ihm geschehe?

Königin.

Ihr Tapfern, Clifford und Northumberland,
Auf diesen Maulwurfshügel stellt den Mann,
Deß ausgestreckter Arm nach Bergen griff,
Doch nur mit seiner Hand den Schatten theilte. —
Was, waret Ihr's, der herrschen wollt' in England?
Wart Ihr es, der auf unserm Reichstag lärmte
Und Reden über hohe Abkunft hielt?
Wo ist der Beistand Eurer saubern Söhne?
Der üpp'ge Edward und der Schwelger George?
Und wo der tapfre bucklige Wechselbalg,

Eu'r Richardlein, deß knurrende Stimme sonst
Dem Tatte Muth einsprach zur Meuterei?
Wo, mit den andern, ist Eu'r Liebling Rutland?
Seht, York, dies Tuch befleckt' ich mit dem Blut,
Das Clifford mit der Spitze seiner Klinge
Ausströmen ließ aus Eures Knaben Brust;
Wenn deine Augen um ihn fließen können,
So geb' ich's dir, die Backen abzutrocknen.
Ach, armer York, haßt' ich dich nicht so tödlich,
So würd' ich jammern um dein kläglich Los.
Komm, gräm' dich, York, um mich vergnügt zu machen.
Wie, dörrt dein feurig Herz dein Innres aus,
Daß keine Thräne fällt um Rutland's Tod?
Warum so ruhig, Mann? du solltest rasen;
Um rasend dich zu machen, höhn' ich dich:
Stampf', tobe, knirsch', damit ich sing' und tanze.
Ah, du willst Lohn, eh du mir Kurzweil machst?
York spricht nicht, wenn er keine Krone trägt? —
Kommt, krönt den York; und, Lords, bückt euch vor ihm.
Haltet ihn fest, ich setze sie ihm auf.

(Sie setzt ihm eine papierne Krone auf.)

Gelt, Freund, nun sieht er wie ein König aus?
Schaut, dieser Mann nahm König Heinrich's Stuhl,
Und dieser Mann war sein erwählter Erbe;
Allein wie kommt's, daß Held Plantagenet
So bald gekrönt ward und den Eidschwur brach?
Mich dünkt, Ihr solltet ja erst König sein,
Wann Heinrich und der Tod die Hand sich reichten;
Nun will dein Kopf in Heinrich's Glorie stecken
Und ihm das Diadem vom Haupte ziehn,
Da er noch lebt, trotz deines heil'gen Schwurs?
O, dies Vergehn ist zu, zu unverzeihlich.
Herunter mit der Kron', und dann geköpft!
Geschwind — eh Margaretha Athem schöpft.

Clifford.

Das Amt ist mein, um meines Vaters willen.

Königin.

Nein, halt; laß hören, wie er beten wird.

York.

Wölfin von Frankreich, schlimmer als Frankreichs Wölfe!
Von Zunge gift'ger als der Natter Zahn!

Wie übel ziemt es sich für dein Geschlecht,
Zu jubeln wie ein amazonisch Mensch
Beim Jammer derer, die das Schicksal kettet!
Wär' dein Gesicht nicht wandellos wie Larven,
Der Scham entwöhnt durch Uebung böser Thaten,
So sucht' ich, stolzes Weib, dich roth zu machen.
Zu sagen, wo du herkamst, wem entstammt,
Schon das beschämte dich, wärst du nicht schamlos.
Dein Vater trägt den Königsschmuck Neapels,
Beider Sicilien und Jerusalems,
Doch nicht so reich wie hierzuland' ein Bürger:
Hat dir der arme Fürst den Trotz gelehrt?
Er nützt dir nichts, hoffärt'ge Königin,
Als daß das Sprichwort wahr wird: Wenn der Bettler
Zu Pferde sitzt, so jagt er todt den Gaul.
Die Schönheit, ja, macht oft die Weiber stolz,
Allein Gott weiß, dein Theil daran ist klein;
Die Tugend ist's, was sie bewundert macht,
Das Gegentheil macht dich anstaunenswerth;
Die Selbstbeherrschung macht sie Göttern ähnlich,
Und deren Mangel macht dich grauenhaft.
Du bist so abgewandt von allem Guten,
Wie unsre Antipoden sind von uns
Und wie der Süden von der Mitternacht.
O Tigerherz, in Weibes Haut gekleidet!
Wie? konntest du des Kindes Herzblut abziehn
Und heißt den Vater Thränen damit trocknen,
Und trägst dennoch ein weiblich Angesicht?
Weiber sind sanft, mitleidig, mild und biegsam;
Du starr, verstockt, steinhart, rauh, ohn' Erbarmen.
Ich sollte rasen? Ja, du hast's erreicht.
Ich sollte weinen? Ja, du hast's bewirkt.
Sturm rast und weht endlose Schauer auf,
Und wann das Rasen weicht, beginnt der Regen.
Die Thränen weih' ich meinem holden Rutland,
Und jeder Tropfen schreit nach Rach' an euch,
Verruchter Clifford, tückische Französin!

Northumberland.

Verdammt, sein wilder Jammer rührt mich so,
Daß ich die Thränen kaum aufhalten kann.

York.

Sein Antlitz hätten gier'ge Kannibalen
Nicht angerührt, mit Blut es nicht befleckt;

Ihr aber seid entmenschter, mitleidloser,
O zehnmal mehr, als Tiger von Hyrkanien.
Sieh, Furie, eines armen Vaters Thränen!
Du tauchtest dies ins Blut des süßen Jungen,
Und ich mit Thränen wasche weg das Blut.
Behalte du das Tuch und prahl' damit;
Wenn du die Jammermär wahrhaft erzählst,
Bei Gott, die Hörer werden Thränen weinen,
Ja, meine Feinde heiße Thränen weinen
Und sagen: „Ach, es war ein kläglich Werk."
Da, nimm die Kron' und meinen Fluch dazu,
Und find' in deiner Noth denselben Trost,
Den deine zu grausame Hand mir beut!
Hartherz'ger Clifford, nimm mich aus der Welt!
Mein Geist zu Gott, mein Blut auf euer Haupt!

Northumberland.

Wär' er der Henker meines ganzen Hauses,
Doch müßt' ich, um mein Leben, mit ihm weinen,
Wie tiefer Jammer seine Seele packt.

Margaretha.

Wie? reif zum Weinen, Lord Northumberland?
Bedenk das Leid, das er uns allen that:
Das wird dir rasch die weichen Thränen trocknen.

Clifford (ihn erstechend).

Das hier für meinen Schwur; das für des Vaters Tod!

Margaretha (ebenso).

Und dies für unsres sanften Königs Recht.

York.

Thu auf dein Gnadenthor, barmherz'ger Gott!
Durch diese Wunden flieht mein Geist zu dir.

(Er stirbt.)

Margaretha.

Den Kopf ihm ab! Steckt ihn aufs Thor von York:
York überschaue so die Feste York.

(Trompeten. Ab.)

————

Zweiter Aufzug.

Erste Scene.

Eine Ebene bei Mortimer's Kreuz in Herefordshire.

Ein Marsch. Edward und Richard kommen mit ihren Truppen.

Edward.

Wie unser edler Vater wol entkam?
Und ist er wol entkommen oder nicht
Vor Clifford's und Northumberland's Verfolgung?
Wär' er gefangen, hätten wir's gehört;
Wär' er erschlagen, hätten wir's gehört:
Wär' er entkommen, dünkt mich, müßten wir
Die frohe Zeitung schon vernommen haben.
Wie geht's, mein Bruder? Warum so betrübt?

Richard.

Ich kann nicht froh sein, bis ich sicher weiß,
Was denn aus unserm tapfern Vater ward.
Ich sah ihn, wie er schweifte durch die Schlacht
Und sich den Clifford dann aussonderte.
Mir kam es vor, als hauf' er im Gedränge
Recht wie ein Löw' in einer Heerde Rinder,
Oder ein Bär von Hunden ganz umringt,
Der ein'ge tüchtig zwickt und heulen macht,
Indeß die andern ferne stehn und bellen:
So macht' es unser Vater mit dem Feind,
So floh der Feind vor meinem tapfern Vater.
Mich dünkt es Ruhm genug sein Sohn zu sein.
Seht, wie die Früh' aufthut ihr goldnes Thor
Und Abschied von der prächt'gen Sonne nimmt!
Wie ähnlich sie dem Glanz der Jugend ist,
Schmuck wie ein Knabe, der zur Liebsten trabt!

Edward.

Ist's Blendwerk, oder seh' ich da drei Sonnen?

Richard.

Drei strahlende Sonnen, jede ganz vollkommen,
Nicht unterbrochen durch die zieh'nden Wolken,
Nein, klar getrennt im blassen, lichten Blau —
Sieh, sieh: sie nahn, umarmen, küssen sich,
Als ob sie einen ew'gen Bund gelobten:
Nun ist's ein Schein, ein Licht nur, eine Sonne!
Der Himmel weissagt irgendein Ereigniß.

Edward.

'S ist wunderbar und nie erhört dergleichen!
Ich glaub', es ruft uns, Bruder, in das Feld,
Daß wir, die Söhne des berühmten York,
Ein jeder strahlend schon vom eignen Licht,
Doch unsren Glanz zusammen einen sollen,
Die Erd' erleuchtend wie die dort das All.
Wie man's auch deuten mag, ich will hinfort
Dreimal die lichte Sonn' im Schilde führen.

Richard.

Nein, wählt neun Monde; denn, nehmt mir's nicht übel,
Dergleichen führt Ihr gar zu gern im Schilde.
                    (Ein Bote tritt auf.)
Wer bist du, dessen finstrer Blick verräth,
Daß böse Mär auf seiner Zunge schwebt?

Bote.

Ach, ein entsetzter Augenzeuge ist's,
Wie der erlauchte York erschlagen ward,
Mein theurer Herr und Euer hoher Vater!

Edward.

O, schweig; ich habe schon zu viel gehört.

Richard.

Sag', wie er starb; denn ich will alles hören.

Bote.

Umzingelt war er von den vielen Feinden,
Doch stand er wider sie wie Trojas Hort
Wider die Griechen, die auf Troja stürmten.
Allein selbst Hercules erliegt der Obmacht,
Und viele Hieb' auch einer kleinen Art
Haun um und fällen selbst die stärkste Eiche.

Von vielen Händen ward York übermannt,
Gemordet aber bloß vom grimmen Arm
Des wilden Clifford und der Königin.
Sie krönt' in bittrem Hohn den gnäd'gen Herzog,
Lacht' ihm ins Angesicht, und als er weinte,
Gab die Barbarin ihm, sich abzutrocknen,
Ein Tuch, getaucht in das schuldlose Blut
Des zarten Rutland, den Clifford erschlug:
Und so, nach vielem Schimpf und gift'gem Spott,
Nahm man sein Haupt, und auf das Thor von York
Ward selbiges gesteckt; und dort nun bleibt es,
Das jammervollste Schauspiel, das ich sah.

Edward.

Geliebter York, du Stab, auf den wir lehnten:
Nun haben wir nicht Halt noch Stütze mehr!
O Clifford, wüth'ger Clifford, du erschlugst
Die Blume von Europas Ritterschaft;
Verrätherisch hast du ihn überwunden,
Denn Faust an Faust hätt' er dich übermannt.
Nun ist der Palast meiner Seel' ein Kerker;
O daß sie doch ausbräch', und dieser Leib
Im Boden würde eingesperrt zur Ruhe!
Denn nie hinfort kann ich mich wieder freun,
Nie mehr, o niemals werd' ich Freud' erleben!

Richard.

Ich kann nicht weinen, alles Naß in mir
Löscht kaum die Ofenglut in meiner Brust;
Noch kann mein Mund die Last vom Herzen heben:
Derselbe Hauch, womit ich sprechen würde,
Schürt Kohlen, die mein Herz in Flammen setzen,
Und Thränen löschten dann das Feuer aus.
Nein, weinen heißt des Grames Tiefe mindern:
Thränen für Kinder; Rach' und Blut für mich!
Richard, dein Nam' ist mein; mein sei die Rache!
Wo nicht, so sterb' ich rühmlich im Versuch.

Edward.

Dir ließ der tapfre Herzog seinen Namen;
Mein Erbtheil ist sein Herzogthum und Stuhl.

Richard.

Nein, bist du dieses Königsadlers Brut,

So zeige dein Geblüt und schau zur Sonne!
Statt Herzogthum und Stuhl sag' Reich und Thron:
Die zwei sind dein; sonst wärest du nicht sein.
(Marsch. Warwick und Montague kommen mit ihren Truppen.)

Warwick.

Nun, lieben Lords, wie steht's, was gibt es Neues?

Richard.

O, großer Warwick, sollten wir's erzählen
Das neue Unheil, und bei jedem Wort
Uns Dolch' ins Fleisch einbohren bis zum Schluß:
Die Worte wären mehr Pein als die Wunden.
O, tapfrer Lord — der Herzog York ist todt!

Edward.

O Warwick, Warwick — der Plantagenet,
Der dich so werth hielt wie die eigne Seele,
Ist umgebracht vom schrecklichen Lord Clifford!

Warwick.

Die Nachricht hab' ich schon ertränkt in Thränen;
Und jetzt, um eures Jammers Maß zu häufen,
Komm' ich zu melden was seitdem geschah.
Nach jenem blutigen Gefecht bei Wakefield,
Wo euer tapfrer Vater ausgestöhnt,
Ward mir, so schnell nur Boten laufen können,
Sein Tod und euer Rückzug hinterbracht.
Ich, der in London war, des Königs Hüter,
Bot meine Truppen auf und Scharen Freunde,
Zog, wie ich glaubte, wohlversehn zum Kampf,
Die Königin abzuschneiden, nach Sanct=Albans
Und nahm den König, mir zu Gunsten, mit;
Denn meine Späher hinterbrachten mir,
Daß sie im Felde sei mit dem Entschluß,
Den letzten Parlamentsspruch umzustoßen,
Betreffend Heinrich's Eid und Euer Thronrecht.
Um kurz zu sein: ich traf sie zu Sanct=Albans;
Es kam zur Schlacht, und beide fochten scharf;
Doch, ob es nun des Königs Gleichmuth war,
Der auf sein kriegrisch Weib gar milde blickte,
Was meinem Volk sein hitzig Blut benahm;
Ob das Gerücht vielleicht von ihrem Sieg,
Ob ganz besondre Furcht vor Clifford's Strenge,
Der Tod und Blut für die Gefangnen donnert —

Ich weiß es nicht: jedoch, um wahr zu enden,
Ihr Wehr und Waffen kam und ging wie Blitz,
Der Unsern, wie der Eule träger Flug
Oder ein träger Drescher mit dem Flegel,
Fiel sacht herab, als träf' es gute Freunde.
Ich feuerte sie an mit unserm Recht,
Zusagen großen Lohns und hohen Soldes;
Umsonst: das Herz zum Fechten fehlte ihnen,
Und uns die Zuversicht durch sie zu siegen.
So flohn wir denn: zur Königin der König;
Lord George eu'r Bruder, Norfolk und ich selbst
Sind spornstreichs hergeeilt, zu euch zu stoßen,
Da wir gehört, ihr wärt in diesen Marken
Und sammeltet zu neuen Kämpfen euch.

Edward.

Wo ist der Herzog Norfolk, lieber Warwick?
Und wann kam George nach England aus Burgund?

Warwick.

Norfolk ist kaum zwei Meilen weit mit Truppen;
Und euren Bruder hat die wackre Tante,
Die Fürstin von Burgund, jüngst heimgeschickt
Mit Hülfsmacht für den sehr bedürft'gen Krieg.

Richard.

Das war wol Uebermacht, wenn Warwick floh:
Oft hört' ich ihn gepriesen beim Verfolgen,
Doch nie bisjetzt beim Rückzug seine Schmach.

Warwick.

Auch jetzt ist's meine Schmach nicht, was du hörst;
Denn du sollst sehn, wie diese starke Faust
Den Stirnschmuck reißt von Heinrich's schwachem Haupt
Und das erhabne Scepter aus der Hand,
Wär' er so ruhmvoll auch und kühn im Kriege,
Wie man ihn milde, fromm und friedlich rühmt.

Richard.

Ich weiß es wohl, Lord Warwick; schilt mich nicht:
Mein Stolz auf deinen Kriegsruhm heißt mich reden.
Was aber thun in dieser schlimmen Zeit?
Soll'n wir nach Hause gehn, den Stahlrock abthun,
Den Leib in schwarze Trauerkleider hüllen

Und unsre Ave's an den Kugeln zählen?
Was? Oder auf den Helmen unsrer Feinde
Andacht verrichten mit dem Rächerarm?
Wenn Ihr fürs letzte seid, sagt Ja, und drauf!

Warwick.

Ei, deshalb hat der Warwick euch gesucht,
Und deshalb kommt mein Bruder Montague.
Gebt Acht, Mylords. Die freche Königin
Hat schon mit Clifford und Northumberland
Und andern stolzen Gästen ihres Schlags
Den weichen König umgeformt wie Wachs.
Er schwor zu Eurer Thronfolg' Einverständniß,
Sein Eidschwur ward im Parlament verzeichnet —
Und nun ist die gesammte Schar gen London,
Um seinen Eid und alles zu entkräften,
Was sonst den Lancasters zuwider ist.
Ihr Heer ist, glaub' ich, dreißigtausend stark;
Wenn nun der Beistand Norfolk's und der meine
Und alle Freundschaft, wackrer Graf von March,
Die du im treuen Wales aufbieten kannst,
Nur fünfundzwanzigtausend Mann beträgt:
Wohlan, nach London dann mit aller Macht!
Noch einmal hoch auf schaumbedeckten Rossen,
Noch einmal rufen wir: Vorwärts und drauf!
Und machen niemals wieder kehrt und fliehn!

Richard.

Ja, nun hör' ich den großen Warwick reden.
Der Mann soll keinen sonn'gen Tag mehr sehn,
Der „Rückwärts!" ruft, wenn Warwick ausruft „Stehn!"

Edward.

Lord Warwick, deine Schulter soll mich stützen;
Und wenn du sinkst — was Gott verhüten mag! —
Muß Edward fallen — was der Himmel wende!

Warwick.

Nicht länger Graf von March, Herzog von York;
Die nächste Stuf' ist Englands hoher Thron!
Zum König Englands rufen wir dich aus
In jeder Marktstadt, wie wir weiterziehn;
Und wer die Mütze nicht vor Freud' emporwirft,
Verwirke für den Frevel seinen Kopf.

Auf, König Edward! — tapfrer Richard! — Montague!
Laßt uns nicht länger träumen blos von Ruhm,
Laßt die Trompeten blasen, und ans Werk!

Richard.

Jetzt, Clifford, wär' dein Herz so hart wie Stahl,
Wie es durch Thaten steinern sich gezeigt hat,
Ich will's durchbohren, oder geb' dir meins!

Edward.

So rührt die Trommeln! Gott und Sanct-Georg!
(Ein Bote tritt auf.)

Warwick.

Wie nun? Was gibt's?

Bote.

Mylord von Norfolk meldet Euch durch mich,
Die Königin rück' an mit starker Macht,
Und ladt Euch ein zu schleuniger Berathung.

Warwick.

Das fügt sich gut; ihr wackern Krieger, vorwärts!
(Alle ab.)

Zweite Scene.

Vor der Stadt York.

König Heinrich, die Königin, der Prinz von Wales, Clifford und Northumberland kommen mit Trommeln und Trompeten.

Königin.

Willkommen, Herr, vor dieser guten Stadt!
Da drüben ist des Erzrebellen Kopf,
Der sich mit Eurer Kron' umcirkeln wollte:
Labt Euch der Anblick nicht das Herz, mein Fürst?

König Heinrich.

Ja, wie das Riff dem, welcher Schiffbruch fürchtet:
Der Anblick thut mir weh in tiefster Seele.
Straf' nicht, mein Gott! es ist nicht mein Vergehn,
Noch hab' ich wissentlich den Schwur verletzt.

Clifford.

Mein gnäd'ger Fürst, dies Uebermaß von Milde
Und schädlich Mitleid müßt ihr von Euch thun.
Wem wirft der Löwe sanfte Blicke zu?
Dem Thiere, das sich seine Höhle anmaßt?
Wem leckt des Waldes Bärin fromm die Hand?
Dem, der ihr Junges würgt vor ihren Augen?
Wer wird dem gift'gen Stich der Schlang' entgehn?
Wer seinen Fuß auf ihren Rücken setzt?
Der kleinste Wurm bäumt sich, wenn man ihn tritt,
Und Tauben picken ihre Brut beschützend.
Ehrgeizig zielte York nach deiner Krone;
Du lächelnd, während Zorn die Stirn ihm krauste.
Er, Herzog nur, wollt' einen Sohn zum König
Und sein Geschlecht erhöhn als guter Vater;.
Du, König, reich in einem wackern Sohn,
Gabst deine Beistimmung ihn zu enterben,
Was dich als höchst lieblosen Vater zeigte.
Die blöden Thiere nähren ihre Jungen,
Und ob des Menschen Antlitz sie erschreckt,
Gleichwol zum Schutz für ihre zarte Brut
Wer sah nicht schon sie mit denselben Flügeln,
Die manchmal sie zu scheuer Flucht gebraucht,
Den Mann befehden, der ihr Nest erklomm,
Ihr Leben opfernd für der Kinder Schutz?
Schämt Euch, mein Fürst; wählt sie zum Vorbild Euch
Wär's Jammer nicht, wenn dieser wackre Knabe
Sein Erbrecht durch des Vaters Schuld verlöre
Und spräch' in Zukunft dann zu seinem Sohn:
„Was Groß- und Urgroßvater einst erwarb,
Gab mein bethörter Vater sorglos weg!?"
O, welche Schmach wär's! Sieh den Knaben an;
Sein männlich Antlitz, ein verheißend Pfand
Siegreichen Glückes, stähl' dein schmelzend Herz,
Daß du das deine dir und ihm erhaltest.

König Heinrich.

Gar schön agirt Clifford den Redner hier,
Und Gründe voller Nachdruck bringt er vor;
Nur, Clifford, sag' mir, hast du nie gehört,
Daß schlecht erworbnes Gut je schlecht gedieh?
Und war es allzeit glücklich für den Sohn,
Deß Vater für sein Geizen fuhr zur Hölle?
Mein Sohn erbt meine tugendhaften Thaten;

Ich wollt', ich hätte auch nicht mehr geerbt,
Denn alles andre ist nur ein Besitz,
Den zu bewahren tausendmal mehr Sorge
Als zu genießen irgend Freude macht.
Ach, Vetter York! wenn deine Freunde wüßten,
Wie mich's bekümmert, daß dein Kopf da steht!

Königin.

Mein Fürst, ermannt Euch; unsre Feinde nahn,
Und dieser Kleinmuth macht die Euren schwach.
Die Ritterschaft verhießt Ihr unserm Sohn:
Zieht Euer Schwert und gebt ihm hier den Schlag. —
Knie' nieder, Edward.

König.

Edward Plantagenet, steh auf als Ritter,
Und lerne dies: zieh nur fürs Recht dein Schwert!

Prinz.

Mit Eurem fürstlichen Verlaub, mein Vater,
Will ich's als Euer Thronnachfolger ziehn
Und dieser Sach' es bis zum Tode weihn.

Clifford.

Das heißt gesprochen wie ein kühner Prinz.

(Ein Bote tritt auf.)

Bote.

Erlauchte Feldherrn, haltet euch bereit;
Mit einem Heer von dreißigtausend Mann
Kommt Warwick als Beistand des Herzogs York
Und ruft ihn, wie sie durch die Städte ziehn,
Zum König aus, und viele fliehn zu ihm.
Stellt Euer Treffen auf; sie sind ganz nah.

Clifford.

Ich wollte, daß mein Fürst das Feld verließe:
Die Kön'gin hat mehr Glück, wenn Ihr entfernt seid

Königin.

Ja, Herr, und überlaßt uns unserm Schicksal.

König Heinrich.

Dein Schicksal ist auch meins, drum will ich bleiben.

Northumberland.

So sei es mit Entschlossenheit zum Kampf.

Prinz.

Mein hoher Vater, macht den edlen Lords
Und allen Muth, die Euren Thron beschützen,
Zieht Euer Schwert und rufet „Sanct Georg!"
(Trommeln. Edward, George, Richard, Warwick, Norfolk und Montague
kommen mit Truppen.)

Edward.

Meineid'ger Heinrich, kniest du jetzt um Gnade
Und setzest auf mein Haupt dein Diadem?
Wie, oder soll die blut'ge Schlacht entscheiden?

Königin.

Zank' deine Dirnen aus, hochmüth'ger Knabe!
Geziemt es dir so frech zu sein in Worten
Vor deinem König und rechtmäß'gen Herrn?

Edward.

Ich bin sein König, und er sollte knien.
Ich bin erkorner Erb', und er beschwor's;
Seitdem brach man den Eid, denn wie ich höre,
Habt Ihr, die Ihr der wahre König seid,
Wenn er die Kron' auch trägt, ihn angestiftet,
Durch neuen Parlamentsschluß mich zu streichen
Und einzusetzen seinen eignen Sohn.

Clifford.

Und das mit Recht:
Wer soll dem Vater folgen als der Sohn?

Richard.

Seid Ihr da, Schlächter? O, ich kann nicht sprechen.

Clifford.

Krummbuckel, ja, hier steh' ich, dir zu dienen
Und jedem noch so Stolzen deines Schlags.

Richard.

Ihr stacht den jungen Rutland todt, nicht wahr?

Clifford.

Ja, und den alten York, und noch nicht satt.

Richard.

Um Gottes willen, Lords, das Schlachtsignal!

Warwick.

Nun, Heinrich, sprich, willst du der Kron' entsagen?

Königin.

Was, Warwick's lange Zunge, spricht sie noch?
Jüngst in Sanct=Albans haben Eure Beine
Viel bessern Dienst gethan als Eure Hände.

Warwick.

Da war's an mir zu fliehn; jetzt ist's an dir.

Clifford.

So spracht Ihr damals auch, und flohet doch.

Warwick.

Nicht Eure Tapferkeit vertrieb mich, Clifford.

Northumberland.

Und Eure Mannheit hielt Euch nicht zurück.

Richard.

Northumberland, ich halt' in Ehren dich —
Brecht das Gespräch ab, denn ich halt' mich kaum,
Mein hochgeschwollen Herz nicht auszulassen
An diesem Clifford, diesem Kindertödter!

Clifford.

Nennst deinen Vater Kind? Ich schlug ihn todt.

Richard.

Ja, wie ein Feigling, eine falsche Memme,
Wie unsern zarten Bruder Rutland auch;
Jedoch vor Nacht sollst du die That verfluchen!

König Heinrich.

Mylords, genug der Worte; hört mich an.

Königin.

Biet ihnen Trotz, sonst schließ die Lippen fest.

König Heinrich.

Zieh, bitte, meiner Zunge keine Schranken;
Ich bin ein König, reden ist mein Recht.

Clifford.

Die Wunde, die hier dieß Begegnen zeugte,
Heilt nicht durch Worte, Herr; deßhalb seid still.

Richard.

Wohlan denn, Henkersknecht, entblöß' dein Schwert!
Bei ihm, der uns erschuf, ich bin gewiß,
Die Mannheit Clifford's liegt auf seiner Zunge.

Edward.

Sag', Heinrich, wird mein Recht mir oder nicht?
Heut haben tausend Mann ihr Frühstück gessen,
Die nie zu Mittag speisen, wenn du trotzest.

Warwick.

Ihr Blut auf deinen Kopf, wenn du es weigerst;
Denn York führt in Gerechtigkeit die Waffen.

Prinz.

Wenn das gerecht ist, was Ihr Recht benennt,
So gibt's kein Unrecht, dann ist alles Recht.

Richard.

Wer dich auch zeugte, dort steht deine Mutter;
Denn, traun, die Zunge deiner Mutter hast du.

Königin.

Du aber gleichst dem Vater nicht noch Mutter;
Du bist ein garstig und gebrandmarkt Scheusal,
Gezeichnet auf der Stirn, daß man dich meide
Wie gift'ge Kröten oder Eidechsstacheln.

Richard.

Du welsches Blech, durch Englands Gold verdeckt,
Kind eines Vaters, der sich König nennt —
Wie wenn ein Rinnstein würde „Meer" betitelt —,
Schämst du dich nicht? muß deine Zunge noch
Verrathen dein gemein gebornes Herz?

Edward.

Der Strohwisch wäre tausend Kronen werth,
Der dieses Mensch zur Selbsterkenntniß brächte.
Frau Helena war schöner weit als du,
Wenn auch dein Gatte Menelaus ist;
Doch hat sie nie dem Bruder Agamemnon's

So schmählich mitgespielt wie du dem König.
Sein Vater banketirt' im Herzen Frankreichs,
Macht' ihren König zahm, den Dauphin höflich;
Hätte der Sohn nach seinem Rang gefreit,
So könnt' er all den Glanz noch heut behaupten.
Doch als er eine Bettlerin nahm ins Bett,
Sein Brautfest deinem armen Vater ehrte,
Dieselbe Sonne hat ihm Sturm gebraut,
Der seines Vaters Beut' aus Frankreich schwemmte
Und Aufruhr häuft' auf seine Krone hier.
Denn was erzeugt die Wirrsal als dein Stolz?
Ohn' ihn hätt' unser Anspruch noch geschlafen,
Und wir, aus Mitleid mit dem sanften König,
Verschöben unser Recht auf künft'ge Zeit.

George.

Doch unser Sonnenschein schuf deinen Frühling;
Und niemals gab dein Sommer Wachsthum uns:
So legten wir die Axt ans fremde Holz,
Und wenn die Schneid' auch uns ein wenig traf,
Doch wisse, nun das Hauen einmal anfing,
Soll's auch nicht rasten, bis wir dich gefällt,
Oder getränkt dein Blühn mit unserm Herzblut.

Edward.

Und so entschlossen, ruf' ich dich zum Kampf
Und will von Unterredung nichts mehr wissen,
Da du das Wort dem sanften König wehrst. —
Wohlauf, laßt unsre blut'gen Fahnen wallen!
Trompeten blast! Jetzt siegen oder fallen!

Königin.

Halt, Edward.

Edward.

Nein, Keiferin! — Vorwärts auf unsern Posten!
Dies Zanken wird zehntausend Leben kosten.

(Alle ab.)

Dritte Scene.

Ein Schlachtfeld bei Towton.

Getümmel und Angriffe. Warwick tritt auf.

Warwick.

Ganz matt vom Kampf, wie Renner nach dem Lauf,
Leg' ich mich hin, ein Weilchen zu verschnaufen;
Empfangne Streich' und heimgezahlte Hiebe
Beraubten ihrer Kraft die straffen Sehnen;
Gern oder nicht, ich muß ein wenig ruhn.
(Edward kommt gelaufen.)

Edward.

Lächle mir, Himmel, oder schlag mich, Tod!
Denn diese Welt und Edward's Sonn' umwölkt sich.

Warwick.

Nun, edler Lord, wie glückt's? wie steht die Hoffnung?
(George tritt auf.)

George.

Statt Glück Verlust, statt Hoffnung schier Verzweiflung;
Die Reihen sind gesprengt, und Unheil folgt.
Was rathet Ihr? Wohin entfliehen wir?

Edward.

Flucht hülfe nicht; sie folgen uns mit Flügeln,
Und wir sind schwach und könnten nicht entrinnen.
(Richard tritt auf.)

Richard.

Ha, Warwick, warum hast du dich entfernt?
Der durst'ge Sand trank deines Bruders Blut,
Herausgezapft von Clifford's spitzem Speer;
Und noch im Todeskampfe rief er aus,
Wie ein unheimlich Dröhnen aus der Ferne:
„Warwick, zur Rache! Bruder, räche mich!"
So, unterm Bauch der Rosse, deren Fersen
Mit seinem rauchenden Blut sich rötheten,
Gab seinen Geist der edle Ritter auf.

Warwick.

Berausch' dich, Erde, denn in unserm Blut!
Ich schlag' mein Pferd todt, denn ich will nicht fliehn.
Was stehn wir wie weichherzige Weiber hier
Und jammern, während unser Gegner rast,
Und schauen zu, als würde die Tragödie
Zum Spaß von Schauspielleuten aufgeführt?
Hier auf den Knien schwör' ich zu Gott im Himmel,
Ich will nicht wieder ruhn noch stillestehn,
Bis Tod entweder diese Augen schließt,
Oder das Glück mir volle Rache gibt.

Edward.

O Warwick, hier mit dir beug' ich mein Knie
Und kett' in diesem Schwur mein Herz an deins;
Und eh mein Knie vom kalten Erdreich aufsteht,
Werf' ich die Händ' und Aug' und Herz zu dir,
Du großer Königsschöpfer und Vernichter,
Und fleh' dich an: wenn es dein Wille ist,
Daß dieser Leib ein Raub der Feinde werde,
Doch thu dein ehern Himmelsthor sich auf
Und gönne sanft Einlaß der sünd'gen Seele!
Nun, Lords, lebt wohl bis wir uns wiedersehn,
Sei's dort im Himmel oder hier auf Erden.

Richard.

Bruder, gib mir die Hand; und, lieber Warwick,
Laß dich umfahn von meinen müden Armen.
Ich, der nie weinte, schmelz' in Herzeleid,
Daß solch ein Winter unsern Lenz verschneit.

Warwick.

Fort! fort! — Noch einmal, liebe Lords, lebt wohl!

George.

Wir wollen all' zu unsern Truppen gehn,
Und wer nicht stehn will, dem zu fliehn erlauben
Und Pfeiler nennen die, so zu uns stehn,
Und ihnen, wenn's uns glückt, den Lohn verheißen,
Den im Olymp'schen Spiel die Sieger tragen:
Dies pflanzt vielleicht in schlaffe Herzen Muth;
Denn noch ist Hoffnung auf Triumph und Leben.
Säumt länger nicht; vorwärts mit aller Macht!

(Alle ab.)

Vierte Scene.

Ein anderer Theil des Feldes.

Angriffe. Richard und Clifford treten auf.

Richard.

Jetzt, Clifford, hab' ich dich allein für mich.
Denk, dieser Arm sei für den Herzog York,
Und der für Rutland: beid' auf Rach' erpicht,
Wärst du umschlossen auch von eh'rnen Mauern.

Clifford.

Jetzt, Richard, bin ich hier mit dir allein.
Dies ist die Hand, die Vater York erstach,
Und dies die Hand, die deinen Bruder traf,
Und hier das Herz, das ihren Tod bejubelt
Und diesen Arm stärkt, der sie beid' erschlug,
Das Gleiche zu vollstrecken an dir selbst.
Und somit, wehr' dich.

(Sie fechten. Warwick kommt. Clifford flieht.)

Richard.

Nein, Warwick, suche dir ein andres Wild;
Ich selbst will diesen Wolf zu Tode jagen.

(Beide ab).

Fünfte Scene.

Ein anderer Theil des Feldes.

Getümmel. König Heinrich tritt auf.

König Heinrich.

Dies Treffen geht so wie des Morgens Krieg,
Wann sterbend Dunkel kämpft und wachsend Licht,
Und wann der Schäfer, auf die Nägel hauchend,
Es weder völlig Tag benennt noch Nacht.
Bald schwankt es hierhin, wie die mächt'ge See
Gezwungen von der Flut dem Wind zu trotzen;
Bald schwankt es dorthin, wie dieselbe See
Rückwärts gezwungen durch die Wuth des Windes;
Manchmal gewinnt die Flut, und dann der Wind,

Bald jene stärker, bald am stärksten dieser,
Beid' um den Sieg sich reißend, Brust an Brust,
Doch keins von beiden Sieger noch besiegt:
So gleichgewogen steht dies wilde Treffen.
Hier auf dem Maulwurfshügel will ich sitzen.
Wem Gott ihn geben will, da sei der Sieg!
Denn Margaretha hat, und Clifford auch,
Vom Kampf mich weggescholten, beide schwörend,
Es glück' am besten, wann ich ferne sei.
Ich wollt', ich wäre todt — wenn Gott es wollte;
Denn was ist diese Welt als Gram und Leid?
O Gott! mich dünkt, es wär' ein glücklich Leben,
Nichts bessres als ein schlichter Hirt zu sein,
Auf einem Hügel sitzend, wie ich hier,
Mir Sonnenuhren künstlich auszuschnitzen,
Daran zu sehn, wie die Minuten laufen,
Wie viel davon auf eine Stunde gehn,
Wie viele Stunden einen Tag vollbringen,
Wie viele Tag' ein Jahr beendigen,
Wie viele Jahr' ein Mensch auf Erden lebt.
Wann dies gelernt ist, dann die Zeit zu theilen:
So viele Stunden muß ich Schafe hüten,
So viele Stunden muß ich Ruhe pflegen,
So viele Stunden muß ich Andacht üben,
So viele Stunden muß ich Kurzweil haben,
So viele Tage sind die Schafe trächtig,
So viele Wochen eh die Närrlein lammen,
So viele Jahr' eh ich die Wolle schere:
Minuten, Stunden, Tage, Mond' und Jahre
Verflössen so an ihr bestimmtes Ziel
Und brächten weißes Haar zur stillen Gruft.
O welch ein Leben wär's! wie süß! wie lieblich!
Gibt süßern Schatten nicht der Hagedorn
Dem Schäfer, der die blöden Schafe hütet,
Als ein gestickter reicher Baldachin
Dem König, der Verrath der Bürger fürchtet?
O ja, das thut er, tausendmal so süß!
Und endlich noch: des Schäfers magrer Quark,
Sein dünner Trank aus seiner Lederflasche,
Sein sichrer Schlummer unter kühlem Baum,
Was alles süß und sorglos er genießt,
Geht über eines Fürsten leckern Schmaus,
Sein funkelndes Getränk im Goldpokal,
Sein Leib gelagert auf kunstvollem Bette,

Wann Argwohn, Sorg' und Treubruch ihn umstehn.

(Getümmel. Ein Sohn, der seinen Vater getödtet hat, tritt auf mit der Leiche.)

Sohn.

Schlimm weht der Wind, der keinem Menschen nützt.
Der Mann hier, den ich Hand an Hand erschlug,
Mag einen Vorrath Kronen bei sich haben,
Und ich, der ich sie jetzt ihm glücklich nehme,
Muß noch vor Nacht vielleicht mein Blut und sie
Sonst einem lassen, wie der Todte mir.
Wer ist es? — — Gott! das Antlitz meines Vaters,
Den ich im Kampfe unbewußt erschlug!
O schwere Zeit, die solche Greuel zeugt!
Von London ward vom König ich gepreßt;
Mein Vater als Vasall des Grafen Warwick
Kam her für York, gepreßt von seinem Herrn:
Und ich, der ich von ihm mein Leben nahm,
Nahm nun mit meiner Hand das Leben ihm.
Verzeih mir, Gott! nicht wußt' ich, was ich that;
Vater, verzeih! ich kannte dich ja nicht.
Mit Thränen will ich dieses Blutmal tilgen;
Und nun kein Wort, bis sie sich ausgeweint.

König Heinrich.

O kläglich Schauspiel! O der blut'gen Zeit!
Wann Löwen Krieg um ihre Höhlen führen,
Entgelten arme Lämmer ihren Zwist.
Wein', armer Mann; ich helf' dir Thrän' um Thräne,
Herzen und Augen soll'n, wie Bürgerkrieg,
Von Thränen blind, erdrückt von Jammer brechen.

(Ein Vater, der seinen Sohn getödtet hat, kommt mit der Leiche in seinen Armen.)

Vater.

Du, der so derb mir widerstanden hat,
Gib mir dein Gold, wofern du Gold besitzest,
Ich hab' es mir erkauft mit hundert Streichen.
Doch laß mich sehn: ist dies ein Feindsgesicht? —
O nein, nein, nein! es ist mein einz'ger Sohn!
O Kind, wenn etwas Leben in dir ist,
Schlag auf dein Auge, sieh, sieh Schäuer regnen,
Vom Windsturm meines Herzens aufgeweht,
Auf deine Wunden, die mein Herz und Auge tödten!
O Gott, erbarm' dich dieser Jammerzeit!
O was für Thaten, greulich, schlächtermäßig,
Verworren, meuterisch und unnatürlich,

Zeugt dieser blut'ge Hader Tag für Tag!
O Sohn, dein Vater gab zu früh dir Leben,
Und hat zu spät dein Leben dir geraubt!

König Heinrich.

Weh über Weh! Mehr als gemeines Leid!
O daß mein Tod den Greueln Einhalt thäte!
Erbarm', erbarm dich, lieber Gott, erbarm' dich!
Sein Antlitz trägt die Rosen roth und weiß,
Die Unheilsfarben unsrer zwist'gen Häuser:
Der einen gleicht gar wohl sein purpurn Blut,
Die andre stellt die bleiche Wange dar.
Welk' eine Ros', und laß die andre blühn;
Kämpft ihr, so müssen tausend Leben welken!

Sohn.

Wie wird die Mutter um des Vaters Tod
Wehklagen wider mich und nie sich trösten!

Vater.

Wie wird mein Weib um meines Sohnes Mord,
Ach, Meere weinen und sich nimmer trösten!

König Heinrich.

Wie wird das Land um diese Heimsuchungen
Den König schelten und sich nimmer trösten!

Sohn.

Hat je ein Sohn den Vater so betrauert?

Vater.

Hat je ein Vater so sein Kind beweint?

König Heinrich.

Hat je ein König so sein Volk bejammert?
Wol groß ist euer Leid: meins zehnmal größer.

Sohn.

Ich trag' dich fort, um mich recht satt zu weinen.
(Ab mit der Leiche.)

Vater.

Dein Grabtuch sollen meine Arme sein,
Mein Herz, du liebes Kind, dein Grabdenkmal,
Denn niemals soll dein Bild mein Herz verlassen;

Dein Grabgeläute seien meine Seufzer,
Und trauern wird dein Vater so zerknirscht
Um dich, mein Sohn, um dich den einzigen,
Wie Priamus um all die tapfern Söhne.
Ich trag' dich fort; und fechtet, wie ihr wollt:
Ich mordete, wo ich nicht tödten sollt'.

(Ab mit der Leiche.)

König Heinrich.

Ihr Trauernden, erdrückt von schwerem Leide,
Hier sitzt ein König, trauriger als beide!

(Getümmel. Angriffe. Die Königin, der Prinz von Wales und Exeter
treten auf.)

Prinz.

Flieht, Vater, flieht; all Eure Freunde flohen,
Und Warwick tobt wie ein gehetzter Stier.
Von hinnen; denn der Tod ist hinter uns!

Königin.

Zu Pferd, mein Fürst; gen Berwick jagt in Eil'!
Edward und Richard, zwei Windhunden gleich
Wann sie den flücht'gen scheuen Hasen sehn,
Mit feurigen Augen, die von Mordlust funkeln,
Und blut'gem Stahl, umspannt von grimm'ger Faust,
Sind auf den Fersen uns; drum hurtig fort!

Exeter.

Fort, denn die Rache zieht einher mit ihnen!
Nein, säumet nicht mit Einwendungen; eilt!
Sonst kommt mir nach; ich will sogleich vorauf.

König Heinrich.

Nein, nimm mich mit dir, liebster Exeter:
Zu bleiben schreckt mich nicht, doch geh' ich gern
Wohin die Königin will. Vorwärts und fort!

(Alle ab.)

Sechste Scene.

Ebendaselbst.

Lautes Getümmel. Clifford kommt, verwundet.

Clifford.

Hier brennt mein Licht zu Ende, ja hier stirbt es,

Das, weil es währte, Heinrich stets geleuchtet.
O Lancaster, ich fürchte deinen Sturz
Mehr als die Trennung Leibes und der Seele!
Durch Lieb' und Furcht band ich viel Freund' an dich,
Und nun ich falle, schmilzt dein zäher Kitt,
Schwächt Heinrich, stärkt den frevelstolzen York.
Und wohin fliehn die Mücken als zur Sonne?
Und wer als Heinrich's Feinde leuchtet jetzt?
O Phöbus, hättest du nie eingewilligt,
Daß Phaeton die Feuerrosse zügle,
Dein Wagen hätte nie die Welt versengt;
Und, Heinrich, hättest du geherrscht als König,
So wie dein Vater und sein Vater that,
Und keinen Raum vergönnt dem Hause York:
Sie hätten nie geheckt wie Sommerfliegen;
Ich und zehntausend in dem armen Reich
Ließen nicht jetzt betrübte Witwen nach,
Und friedlich säßest du auf deinem Stuhl.
Denn was zieht Unkraut groß als milde Luft?
Und was macht Räuber kühn als zu viel Langmuth?
Nutzlos sind Klagen, hülflos meine Wunden,
Kein Weg zu fliehn, noch Kraft genug zur Flucht;
Der Feind ist ohn' Erbarmen, fremd dem Mitleid:
Von seiner Hand verdient' ich ja kein Mitleid!
Die Luft drang in die Todeswunden ein,
Und starke Blutergießung macht mich matt.
Kommt, Richard, Warwick, York, all ihr Verräther,
Durchbohrt mein Herz, ich tödtet' eure Väter!

(Er wird ohnmächtig. Getümmel und Rückzug. Edward, George, Richard,
Montague, Warwick und Truppen kommen.)

Edward.

Nun athmet auf, Mylords! Sieg heißt uns ruhn
Und Kriegesdräun zu Friedensblicken mildern.
Ein Trupp verfolg' die blut'ge Königin;
Den stillen Heinrich, der doch König ist,
Trieb sie, wie voll von zorn'gem Wind ein Segel
Das Kauffahrteischiff zwingt dem Strom zu trotzen.
Doch, glaubt ihr, Lords, daß Clifford mit entfloh?

Warwick.

Unmöglich ist's, daß er entkommen sollte;
Denn, wenn ich auch ihm ins Gesicht es sage,

Dein Bruder Richard zeichnet' ihn fürs Grab;
Und wo er sein mag, sicher ist er todt.
(Clifford ächzt und stirbt.)

Richard.

Weß Seel' ist das, die schweren Abschied nimmt?
Ein bang Gestöhn wie zwischen Tod und Leben.

Edward.

Seht wer es ist; und da die Schlacht vorbei ist,
Ob Freund, ob Feind, behandelt ihn mit Glimpf.

Richard.

Den Spruch der Gnade widerruf; 's ist Clifford,
Der, nicht zufrieden, daß er blos den Zweig
Rutland zerhieb, just als er Blätter trieb,
Sein mörderisch Messer an die Wurzel setzte,
Daraus der zarte Schößling lieblich sproß:
Ich mein', an unsern herzoglichen Vater.

Warwick.

Vom Thor zu York holt seinen Kopf herab,
Des Herzogs Kopf, den Clifford aufgepflanzt;
Statt dessen fülle dieser seinen Platz,
Denn Maß für Maß muß die Vergeltung sein.

Edward.

Bringt her den Unglücks-Uhu unsres Hauses,
Der nichts als Tod uns und den Unsern sang;
Tod hemme jetzt sein schauerliches Lied,
Und seiner Zunge Unheilton verstumme!
(Die Leiche wird nach vorn getragen.)

Warwick.

Ich glaube, sein Bewußtsein ist dahin. —
Sprich, Clifford, kennst du den, der mit dir redet?
Schwarzwolkiger Tod verhüllt sein Lebenslicht;
Er sieht uns nicht und hört nicht, was man sagt.

Richard.

O, thät' er's doch — und möglich, daß er's thut:
Es ist nur seine List, sich zu verstellen,
Um solchem bittern Hohne zu entgehn,
Wie er beim Tode unsres Vaters übte.

George.

Wenn du es meinst, plag' ihn mit scharfen Worten.

Richard.

Clifford, such' Gnad', und finde kein Erbarmen!

Edward.

Clifford, bereu' in unfruchtbarer Buße!

Warwick.

Clifford, ersinn für deine Schuld Ausflüchte!

George.

Indeß wir Folterpein dafür ersinnen.

Richard.

Du liebtest York; und ich bin Sohn des York.

Edward.

Du schontest Rutland; ich will deiner schonen.

George.

Ruf Hauptmann Margarethen, dich zu schützen.

Warwick.

Man neckt dich, Clifford; fluch', wie du gewohnt bist.

Richard.

Was, nicht ein Fluch? Dann steht es schlimm, wenn Clifford
Für seine Freunde keinen Fluch mehr hat:
Das zeigt mir, daß er todt ist; und, bei Gott!
Könnt' ich ihm so zwei Stunden Leben kaufen,
Um recht nach Herzenslust ihn hohnzunecken,
Ich hackte mir die Hand ab, und ihr Blut
Sollt' ihn, den Schuft, ersticken, dessen Durst
Nicht York und nicht der junge Rutland löschten.

Warwick.

Ja, aber er ist todt. Den Kopf herunter,
Und steckt ihn auf wo Eures Vaters steht.
Und nun nach London! Vorwärts im Triumph
Und laßt Euch krönen dort als Englands König!
Von dort geht Warwick über See nach Frankreich
Und wirbt dir Fräulein Bona zum Gemahl:
So wirst du beide Länder eng verknüpfen
Und kannst, als Frankreichs Freund, des Feindes lachen,
Der, jetzt versprengt, neu aufzustehen hofft.
Denn ob ihr Schwarm auch nicht groß stechen kann,

So wird er summen doch, dein Ohr zu plagen.
Zuvörderst will ich Eure Krönung sehn,
Und dann hinübersegeln nach Bretagne
Die Heirath zu verhandeln, wenn's beliebt.

Edward.

Ganz wie du willst, so sei es, lieber Warwick;
Auf deine Schulter bau' ich meinen Sitz,
Und niemals unternehm' ich das Geschäft,
Worin dein Rath und Beistimmung gebricht. —
Richard, du sollst Herzog von Gloster sein,
Und George von Clarence. — Warwick, wie wir selbst,
Soll thun und abthun, wie es ihm gefällt.

Richard.

Nennt mich Herzog von Clarence, George von Gloster;
Denn Gloster's Herzogthum bringt wenig Glück.

Warwick.

Pah, das ist eine thörichte Bemerkung:
Richard, sei Herzog von Gloster. Jetzt nach London,
Um diese Ehren in Besitz zu nehmen.

(Alle ab.)

Dritter Aufzug.

Erste Scene.

Ein Jagdrevier in Nordengland.

Zwei Förster mit Armbrüsten treten auf.

Erster Förster.

In diesem dichten Buschwerk laß uns lauern;
Denn über diesen Anger kommt das Wild,
Und hier im Dickicht wollen wir's erwarten
Und dann den besten Hirsch uns ausersehn.

Zweiter Förster.

Ich will zur Höh; so können beide schießen.

Erster Förster.

Das geht nicht: das Geräusch von deiner Armbrust
Verscheucht das Rudel und nimmt mir den Schuß.
Hier laß uns stehn und auf den Besten zielen;
Und daß die Zeit uns nicht zu lange währt,
Erzähl' ich dir was mir begegnet ist
An diesem selben Platze, wo wir stehn.

Zweiter Förster.

Da kommt ein Mann; wart' erst, bis er vorbei ist.

(König Heinrich kommt, verkleidet, mit einem Gebetbuche.)

König Heinrich.

Aus Schottland stahl ich mich, aus purer Sehnsucht,
Mein eigen Land mit Liebesblick zu grüßen.
Nein, Heinrich, Heinrich, 's ist nicht mehr dein Land:
Dein Platz besetzt, dein Scepter dir entrungen,
Dein Oel, das dich gesalbt hat, weggewaschen;
Kein biegsam Knie wird jetzt dich Cäsar nennen,
Kein Supplikant drängt sich sein Recht zu flehn,
Nein, niemand kommt um Schutz bei dir zu suchen;
Wie hülf' ich ihnen auch, und nicht mir selbst?

Erster Förster.

Dies ist ein Wild, deß Haut den Förster lohnt:
Der weiland König ist's; laß uns ihn greifen.

König Heinrich.

Ich will ans Herz die bittre Trübsal drücken;
Das, sagen Weise, sei das weiseste.

Zweiter Förster.

Was zögern wir? wir woll'n Hand auf ihn legen.

Erster Förster.

Wart' noch; wir wollen etwas weiter hören.

König Heinrich.

Mein Weib und Sohn sind nach Paris um Hülfe,
Und auch der großgebietende Warwick, hör' ich,
Ist dort und wirbt um König Ludwig's Schwester
Für Edward zur Gemahlin: ist dem so,
Dann, armes Weib und Sohn, geht ihr umsonst,
Denn Warwick ist ein gar verschlagner Redner

Und Ludwig leicht durch rührend Wort besiegt.
Demnach kann Margaretha ihn gewinnen:
Sie ist ja ein beklagenswerthes Weib;
Mit Seufzern schießt sie Bresch' in seine Brust,
Mit Thränen dringt sie in ein marmorn Herz;
Solang' sie trauert, bleibt der Tiger sanft,
Und Nero wird von Mitleid angesteckt
Bei ihren Klagen, ihren salz'gen Thränen.
Ja, aber sie kommt bittend, Warwick gebend:
Zu seiner Linken fleht sie Schutz für Heinrich;
Zur Rechten er begehrt ein Weib für Edward.
Sie weint und sagt, ihr Heinrich sei entthront;
Er, lächelnd, sagt, sein Edward sei gekrönt:
Sodaß die ärmste schweigen muß vor Gram.
Warwick erklärt sein Recht, vertuscht das Unrecht,
Bringt Gründe von gewalt'gem Nachdruck vor
Und lenkt zum Schluß den König ab von ihr
Zum Jawort seiner Schwester, und was sonst,
Was König Edward's Platz befest'gen mag.
Ach, Margaretha, so geschieht's: du arme
Bist dann so freundlos, wie du hülflos gingst!

Zweiter Förster.

Wer bist du, daß du so von Königen
Und Königinnen sprichst?

König Heinrich.

Mehr als ich schein', und wen'ger als ich war,
Ein Mensch zum wenigsten — wie könnt' ich wen'ger sein?
Und Menschen dürfen doch von Kön'gen reden?

Zweiter Förster.

Ja; doch du sprichst, als ob du König wärst.

König Heinrich.

Ich bin es auch, im Geist, und das genügt.

Zweiter Förster.

Bist du ein König, wo ist deine Krone?

König Heinrich.

In meinem Herzen, nicht auf meinem Haupt,
Nicht reich von indischen Steinen und Demanten,
Auch sichtbar nicht: sie heißt Zufriedenheit,
Die Krone, die ein König selten trägt.

Zweiter Förster.

Schön, König der Zufriedenheit, dann seid
Sammt Eurer Kron' Zufriedenheit zufrieden
Mit uns zu gehen; denn uns dünkt, daß Ihr
Der König seid, den König Edward abgesetzt,
Und als geschworne treue Unterthanen
Ergreifen wir Euch hier als seinen Feind.

König Heinrich.

Schwort ihr denn nie und brachet euren Eid?

Zweiter Förster.

Nein, solchen Eid noch nie, und auch nicht jetzt.

König Heinrich.

Wo wart ihr, als ich König war in England?

Zweiter Förster.

In diesem Lande hier, wo wir noch sind.

König Heinrich.

Neun Monden alt war ich gesalbter König,
Mein Vater, mein Großvater waren Könige;
Ihr wart geschworne Unterthanen mir:
So sagt denn, habt ihr nicht den Eid gebrochen?

Erster Förster.

Nein;
Ich war blos Unterthan, solang' Ihr König wart.

König Heinrich.

Ei, bin ich todt? Athm' ich denn nicht als Mensch?
Ach, arme Tröpf', ihr wißt nicht, was ihr schwört!
Seht, wie ich diese Feder von mir blase,
Und wie die Luft sie wieder weht zu mir,
Gehorsam meinem Hauch sobald ich blase,
Und einem andern wann der andre bläst,
Allzeit regieret von dem stärkern Wind:
So leicht seid ihr gemeinen Leute auch.
Indeß, brecht euren Eid nicht; dieser Sünde
Soll euch mein sanftes Flehn nicht schuldig machen.
Führt wie ihr wollt, befehlt dem König ihr;
Seid König ihr: befehlt, ich will gehorchen.

Erster Förster.

Wir sind dem König treu, dem König Edward.

König Heinrich.

Ihr wärt es auch dem König Heinrich wieder,
Säß' er so hoch, wie König Edward sitzt.

Erster Förster

Im Namen Gottes und des Königs, kommt;
Ihr müsset mit zu den Beamten gehn.

König Heinrich.

In Gottes Namen führet mich denn hin;
Dem Namen eures Königs sei gehorcht:
Und was Gott will, mag euer König thun,
Und was er will, dem füg' ich mich in Demuth.

(Alle ab.)

Zweite Scene.

London.   Ein Zimmer im Palast.

König Edward, Gloster, Clarence und **Lady Grey** treten auf.

König Edward.

Bruder von Gloster, in Sanct-Albans Schlacht
Fiel dieser Frau Gemahl, Sir Richard Grey.
Sein Land ward von dem Sieger eingezogen,
Und sie ersucht uns jetzt um Herstellung,
Die wir mit Recht nicht wohl verweigern können,
Weil dieser würd'ge Edelmann sein Leben
Im Streit für unser Haus verloren hat.

Gloster.

Dann wünscht' ich, Eure Hoheit sagte Ja;
Das zu verweigern würde schimpflich sein.

König Edward.

Das wär' es; doch ich will es anstehn lassen.

Gloster (bei Seite).

Ei, steht es so?
Die Dame, seh' ich, hat was zu gewähren,
Bevor der König ihr Gesuch gewährt.

Clarence (bei Seite).

Er kennt die Jagd; wie bleibt er bei der Fährte!

Gloster (bei Seite).

Still!

König Edward.

Witwe, wir wollen das Gesuch erwägen;
Und kommt ein andermal und holt Bescheid.

Lady Grey.

Huldreicher Fürst, ich kann nicht Aufschub leiden;
Gefall' es Euch mich zu bescheiden jetzt;
Was Eu'r Belieben ist, soll mir genügen.

Gloster (bei Seite).

Ja, Witwe? dann verbürg' ich Euch die Güter,
Wenn das, was ihm beliebt, Euch wohl gefällt.
Greift selber an, sonst kriegt Ihr einen Stoß!

Clarence (bei Seite).

Für sie ist mir nicht bang, wenn sie nicht strauchelt.

Gloster (bei Seite).

Verhüt' es Gott; er macht' es sich zu Nutze!

König Edward.

Wie viele Kinder hast du, Witwe? sag' mir.

Clarence (bei Seite).

Ich glaub', er bittet gleich sie um ein Kind.

Gloster (bei Seite).

Dann peitscht mich; nein, er gibt ihr lieber zwei.

Lady Grey.

Drei, mein erlauchter Fürst.

Gloster (bei Seite).

Es werden vier sein, wenn Ihr ihm gehorcht!

König Edward.

Hart wär's, wenn sie des Vaters Land verlören.

Lady Grey.

Habt Mitleid denn, mein Fürst, und gebt es ihnen.

König Edward.

Ich will den Witz der Witwe prüfen.
Lords, mit Verlaub.

Gloster (bei Seite).

O ja, Verlaub; Ihr habt solang' Verlaub,
Bis Jugend Urlaub nimmt und Euch entlaubt.

(Gloster und Clarence treten auf die Seite.)

König Edward.

Nun sagt mir, Lady, liebt Ihr Eure Kinder?

Lady Grey.

Ja, ganz so warm wie ich mich selber liebe.

König Edward.

Und würdet Ihr für sie nicht manches thun?

Lady Grey.

Für sie ertrüg' ich willig ein'gen Schaden.

König Edward.

Erwerbt denn Eures Mannes Land für sie.

Lady Grey.

Ich kam deshalb zu Eurer Majestät.

König Edward.

Ich will Euch sagen, wie Ihr es erwerbt.

Lady Grey.

Das würde mich zu Dank und Dienst verpflichten.

König Edward.

Was thust du mir zum Dienst, wenn ich's dir gebe?

Lady Grey.

Was Ihr befehlt, wenn ich es leisten kann.

König Edward.

Ihr werdet Euch an meinen Antrag stoßen.

Lady Grey.

Nein, gnäd'ger Herr, ich müßte denn nicht können.

König Edward.

Du kannst es aber was ich bitten will.

Lady Grey.

Dann werd' ich thun, was Eure Hoheit fordert.

Gloster (bei Seite).

Er drängt sie scharf; viel Regen höhlt den Marmor.

Clarence (bei Seite).

So roth wie Feu'r; da muß ihr Wachs wol schmelzen!

Lady Grey.

Was stockt mein Fürst? Soll ich den Dienst nicht wissen?

König Edward.

Ein leichter Dienst: nur einen König lieben.

Lady Grey.

Das kann ich leicht, als Eure Unterthanin.

König Edward.

Nun gut, so geb' ich dir das Land zurück.

Lady Grey.

Ich nehme Urlaub mit viel tausend Dank.

Gloster (bei Seite).

's ist richtig; sie besiegelt's mit dem Knix.

König Edward.

Bleib noch; ich spreche von der Liebe Früchten.

Lady Grey.

Der Liebe Früchte, ja, liebreicher Fürst.

König Edward.

Du meinst es, fürcht' ich nur, in andrem Sinne.
Um was für Liebe, meinst du, daß ich werbe?

Lady Grey.

Um Liebe bis zum Tod, um Dank, Gebet,
Um Liebe, wie sie Tugend sucht und gibt.

König Edward.

Nein, meiner Treu, die Liebe mein' ich nicht.

Lady Grey.

So meint Ihr freilich nicht was ich mir dachte.

König Edward.

Jetzt könnt Ihr aber meinen Sinn wol merken.

Lady Grey.

Mein Sinn wird sich zu Eurer Hoheit Wunsch
Niemals verstehn, wenn ich ihn recht verstehe.

König Edward.

Nun grad heraus, ich möchte bei dir liegen.

Lady Grey.

Und grad heraus, ich läg' im Kerker lieber.

König Edward.

Gut, dann behalt' ich deines Mannes Land.

Lady Grey.

Gut, dann sei Ehrbarkeit mein Leibgedinge;
Denn nicht um diesen Preis erkauf' ich es.

König Edward.

Da thust du deinen Kindern grausam unrecht.

Lady Grey.

Ihr, Herr, thut ihnen unrecht und auch mir.
Doch, mein Gebieter, diese muntre Laune
Stimmt zu dem Ernste meines Antrags schlecht;
Ich bitt', entlaßt mit Ja mich oder Nein.

König Edward.

Ja, wenn du Ja zu meiner Bitte sagst;
Nein, wenn du Nein auf meinen Wunsch erwiderst.

Lady Grey.

Dann nein, mein Fürst, und mein Gesuch ist aus.

Gloster (bei Seite).

Die Witwe mag ihn nicht, sie kraust die Stirn.

Clarence (bei Seite).

Kein Mensch in Christenlanden wirbt so plump.

König Edward (bei Seite).

Nach ihrer Mien' ist sie voll Sittsamkeit,
Nach ihren Worten hat sie seltnen Witz;
All ihre Reize heischen einen Thron:
So oder so ist sie für einen König
Und soll mein Schatz sein, oder mein Gemahl.
Setz', König Edward nähme dich zum Weibe?

Lady Grey.

Das läßt sich besser sagen, Herr, als thun.
Die Unterthanin paßt vielleicht zum Scherz,
Doch paßt sie nimmermehr zur Herrscherin.

König Edward.

Ich schwör's bei meinem Thron dir, schöne Wittwe,
Daß ich nur rede wie mein Herz es meint:
Und das ist, dich als Liebste zu besitzen.

Lady Grey.

Und das ist mehr als ich gewähren will.
Ich weiß, ich bin zu schlecht zur Königin,
Jedoch zu Eurem Kebsweib viel zu gut.

König Edward.

Wortklauberin, ich meine Königin.

Lady Grey.

Wenn meine Söhn' Euch Vater nennen wollten,
Das würd' Eur Gnaden kränken.

König Edward.

       Nein, nicht mehr
Als wenn dich meine Töchter Mutter nennen.
Du bist 'ne Wittib, und du hast schon Kinder,
Und; bei der Mutter Gottes, ich desgleichen,
Obwol ich nur ein Junggeselle bin:
's ist lieblich, Vater vieler Söhne sein.
Kein Wort! denn du wirst meine Königin.

Gloster (bei Seite).

Der fromme Herr ist mit der Beicht' am Rande.

Clarence (bei Seite).

Als der Beichtvater ward, war Noth im Lande.

König Edward.

Ihr wundert euch, was unser Plaudern soll.

Gloster.

Der Frau mißfällt es; sie blickt kummervoll.

König Edward.

Wärt ihr erstaunt, wenn ich zur Frau sie wählte?

Clarence.

Für wen, mein Fürst?

König Edward.

Ei, Clarence, für mich selbst.

Gloster.

Zehn Tage Wunder gäb' es mindestens.

Clarence.

Das wär' ein Tag mehr als ein Wunder währt.

Gloster.

Um so viel ist das Wunder übers Maß.

König Edward.

Nun, Brüder, spaßt ihr nur; ich kann euch sagen,
Daß sie die Güter ihres Manns bekommt.

(Ein Edelmann tritt auf.)

Edelmann.

Herr, Euer Gegner Heinrich ist ergriffen
Und am Palastthor als Gefangener.

König Edward.

Sorgt, daß er in den Tower geleitet wird. —
Wir, Brüder, wollen sehn wer ihn ergriff,
Und nach dem Hergang uns erkundigen. —
Kommt, Witwe, mit. — Lords, haltet sie in Ehren.

(König Edward, Clarence und Lady Grey ab.)

Gloster.

Ja, Edward hält die Weiber stets in Ehren.
Ich wollt', er wär' verzehrt, Mark, Bein und alles,
Damit kein Zweig aus seinen Lenden sprosse
Und die erhoffte goldne Zeit mir störe!
Doch zwischen meines Herzens Wunsch und mir —
Wär' auch des üpp'gen Edward Recht begraben —
Steht Clarence, Heinrich, und sein Sohn Prinz Edward,
Und ihre unabsehbar'n Leibeserben,
Um einzutreten, eh ich Platz gewinne:
Ein kalter Umstand das für meinen Plan!
Dann also träum' ich bloß von Kron' und Reich.
Wie einer, der auf hohem Berge steht
Und späht nach fernem, gern erreichtem Ufer,
Und wünscht, sein Fuß wär' seinem Auge gleich;

Er schilt das Meer, das ihn von drüben trennt,
Und sagt, er will's ausschöpfen, daß er hinkommt:
So wünsch' ich mir den Thron, so weit entfernt,
Und schelte so, was mich fern hält von ihm,
Und sag' auch so, ich will die Schranken weghaun,
Mir selber schmeichelnd mit Unmöglichkeiten.
Mein Aug' ist vorschnell und mein Herz zu dreist,
Wenn meine Hand und Kraft nicht ihnen gleichkommt.
Nun, gibt's für Richard denn kein Königreich,
Welch andre Freude bietet dann die Welt?
Mein Himmel sei in einer Dame Schoß,
Ich will den Leib mit buntem Zierath schmücken
Und schöne Fraun mit Wort und Blick bezaubern —
Armselig Ziel, und weniger wahrscheinlich
Als zwanzig goldne Kronen zu gewinnen!
Ei, Liebe schwor mich ab im Mutterleib;
Und daß ich fremd bleib' ihren sanften Rechten,
Bestach sie die Natur mit einem Trinkgeld,
Daß wie ein dürrer Strauch mein Arm verschrumpfte,
Ein neidischer Berg auf meinem Rücken wuchs,
Wo Häßlichkeit sitzt, um mein Fleisch zu höhnen,
Daß meine Bein' ungleiches Maß erhielten,
Daß ich so wüst in allen Theilen ward
Wie 'n Chaos, wie das ungeleckte Bärlein,
Das kein Gepräge gleich der Mutter hat.
Und bin ich da ein Mann, der Lieb' erweckt?
O Raserei, solch einen Wahn zu hegen!
Gut, da die Welt mir keine Freuden beut
Als herrschen, zügeln, andre unterjochen,
Die besser von Gestalt sind als ich selbst,
So soll's mein Himmel sein, vom Thron zu träumen
Und diese Erd' als Hölle nur zu achten,
Bis mein verhunzter Rumpf, der diesen Kopf trägt,
Rings ist umzäunt von einer stolzen Krone.
Und doch, ich weiß nicht, wie zur Krone kommen,
Denn viele Leben trennen mich vom Ziel;
Und wie ein Mann, in dorn'gem Wald verirrt,
Die Dornen reißt, und ritzt sich an den Dornen,
Und einen Weg sucht, und vom Wege abschweift,
Und nicht die freie Luft zu finden weiß,
Jedoch verzweifelt ringt sie auszufinden:
So martr' ich mich, die Krone zu erhaschen.
Und von der Marter will ich mich befrein,
· Oder den Weg mir haun mit blut'ger Axt!

Ei, ich kann lächeln und kann lächelnd morden,
Und loben was mich in der Seele wurmt,
Und mein Gesicht künstlich mit Thränen nässen,
Und meine Miene jedem Anlaß fügen.
Ich will mehr Schiffer als die Nix' ersäufen,
Mehr Gaffer tödten als der Basilisk;
Ich will den Redner spielen fein wie Nestor,
Verschmitzter täuschen als Ulyß gekonnt
Und, Sinon gleich, ein andres Troja nehmen.
Ich kann selbst dem Chamäleon Farben leihn,
Wie Proteus mich verwandeln, besser noch,
Und den verruchten Machiavel schulmeistern:
Ich kann's, und könnte keine Kron' erjagen?
Pah, noch so weit, ich will herab sie schlagen!
(Ab.)

Dritte Scene.

Frankreich.   Ein Zimmer im Palast.

Trompetenfanfare. **König Ludwig** und **Prinzeß Bona** treten auf
mit Gefolge. Der König setzt sich auf den Thron. Dann kommen
Königin Margaretha, **Prinz Edward** und der **Graf von Orford**.

König Ludwig (aufstehend).

Erlauchte Fürstin, schöne Margaretha,
Setz' dich zu uns; nicht ziemt es deiner Abkunft
Und deinem Rang, zu stehn wann Ludwig sitzt.

Margaretha.

Nein, großer König, Margaretha muß
Ihr Segel streichen und muß dienen lernen
Wo Könige gebieten. Ja, ich saß
Auf Albions Thron in frühern goldnen Tagen,
Doch jetzt hat Unglück meine Macht zertreten
Und mich mit Unehr' in den Staub gelegt:
Dort muß mein Sitz sein, meinem Schicksal gleich,
Und ich dem niedren Sitz mich anbequemen.

König Ludwig.

Woher so tiefer Kummer, schöne Fürstin?

Margaretha.

Aus Ursach, die mein Auge füllt mit Thränen,
Die Zunge lähmt, das Herz in Sorg' ertränkt.

König Ludwig.

Was es auch sei, bleib du dir selber gleich,
Und setz' dich neben uns.

(Sie setzen sich.)

Beug' nicht den Nacken
Dem Joch des Schicksals, sondern siegreich fahre
Dein tapfrer Geist durch alle Noth dahin.
Sei offen, Königin, erzähl' dein Leid:
Wenn Frankreich kann, ist es zum Trost bereit.

Margaretha.

Dein gnädig Wort hebt den gesunknen Geist
Und löst die Zunge meinen stummen Schmerzen.
Dem edlen Ludwig sei es also kund,
Daß Heinrich, meines Herzens ein'ger Herr,
Statt eines Königs jetzt ein Flüchtling ist
Und muß in Schottland leben, ein Verlassner,
Indeß der stolze Edward, Herzog York,
Die Majestät sich anmaßt und den Sitz
Des echtgesalbten Königes von England.
Dies ist der Grund, weshalb ich arme Frau
Mit meinem Sohn Prinz Edward, Heinrich's Erben,
Hier bin und um gerechten Beistand flehe.
Wenn du nicht hilfst, ist alle Hoffnung hin!
Schottland hat Willen, doch nicht Macht zu helfen;
In England sind so Volk wie Pairs verführt,
Der Schatz geraubt und unser Heer versprengt,
Und, wie du siehst, wir selbst von Noth bedrängt.

König Ludwig.

Berühmte Fürstin, still' den Sturm durch Langmuth,
Indeß wir Mittel suchen ihn zu brechen.

Margaretha.

Je mehr man säumt, je stärker wird der Feind.

König Ludwig.

Je mehr ich säume, desto besser helf' ich.

Margaretha.

Ach, aber Ungeduld folgt wahrem Kummer:
Und sieh, da kommt der Stifter meines Kummers.

(Warwick tritt auf mit Gefolge.)

König Ludwig.

Wer ist's, der unserm Thron sich kühnlich naht?

Margaretha.

'S ist unser Graf von Warwick, Edward's größter Freund.

König Ludwig.

Willkommen, tapfrer Graf! Was führt dich her?

(Er steigt vom Thron. Margaretha steht auf.)

Margaretha.

O weh, nun zieht ein zweiter Sturm herauf;
Denn dieser ist's, der Wind und Flut bewegt!

Warwick.

Der edle Edward, König Albions,
Mein Herr und Fürst und dein ergebner Freund,
Schickt mich, in Güt' und unverstellter Liebe
Erst deine fürstliche Person zu grüßen,
Sodann, ein Freundschaftsbündniß nachzusuchen,
Und endlich, diesen Bund zu festigen
Durch ein Vermählungsband, wenn du geneigst
Das tugendreiche schöne Fräulein Bona
Dem König Edward ehlich zu verbinden.

Margaretha.

Wenn das geschieht, ist Heinrich's Hoffnung hin!

Warwick (zu Bona).

Und, gnäd'ges Fräulein, in des Königs Namen
Soll ich mit Eurer Gunst in aller Demuth
Die Hand Euch küssen und mit meiner Zunge
Euch sagen, wie's in seinem Herzen glüht,
Wo Fama, durch sein achtsam Ohr eingehend,
Aufstellte deiner Reiz' und Tugend Bild.

Margaretha.

Herr Ludwig, Fräulein Bona, hört mich an!
Bevor ihr ihm antwortet. Sein Gesuch
Stammt nicht aus Edward's treu gemeinter Liebe,
Sondern von Arglist, von der Noth erzeugt;
Denn ein Tyrann, wie hätt' er Ruh daheim,
Wenn er nicht auswärts mächt'ge Freunde kauft?
Daß er Tyrann ist, das beweist schon dies,

Daß Heinrich ja noch lebt; und wär' er todt,
Hier steht Prinz Edward, König Heinrich's Sohn.
Drum, Ludwig, sieh dich vor, daß dieses Bündniß
Nicht Schand' und Leid auf dich herabbeschwört;
Denn mag auch ein Rebell ein Weilchen herrschen,
Gott ist gerecht, und Zeit vertilgt das Unrecht.

Warwick.

Schmähsücht'ge Margaretha!

Prinz.

Warum nicht Königin?

Warwick.

Weil ihr Gemahl, dein Vater, usurpirte.
Du bist so wenig Prinz wie Königin sie.

Orford.

Warwick streicht so den großen John von Gent,
Der Spaniens größten Theil eroberte;
Und nach Johann von Gent Heinrich den Vierten,
Der Weisheit Spiegel für die Weisesten;
Und nach dem weisen Herrn Heinrich den Fünften,
Den Helden, der ganz Frankreich unterwarf:
Von dieser Reih' stammt unser Heinrich ab.

Warwick.

Orford, wie kommt's, daß diese glatte Rede
Uns nicht erzählt hat, wie der sechste Heinrich
All das verlor, was uns der Fünft' erwarb?
Die Herrn von Frankreich, dünkt mich, müssen lächeln.
Und dann, Ihr zählt da einen Stammbaum her
Von sechzig Jahren: eine dürft'ge Zeit
Für die Verjährung eines Königreichs.

Orford.

Wie kannst du wider deinen Lehnsherrn sprechen,
Dem du gehorcht hast sechsunddreißig Jahr',
Und kein Erröthen zeigt den Treubruch an?

Warwick.

Kann Orford, der von je das Recht geschützt,
Unwahrheit hinter einem Stammbaum schirmen?
Pfui! Laß Heinrich gehn und huld'ge Edward!

Oxford.

Ihm huldigen, durch dessen blut'gen Spruch
Mein ältrer Bruder, der Lord Aubrey Vere,
Getödtet ward? ja, mehr noch, auch mein Vater
Mitten im Abfall seiner welken Jahre,
Als die Natur ihn bracht' an Todes Thür?
Niemals! Weil Leben diesen Arm noch stützt,
Stützt dieser Arm das Haus von Lancaster!

Warwick.

Und ich das Haus von York.

König Ludwig.

Frau Margaretha, Prinz Edward, und Oxford,
Auf mein Ersuchen wollt beiseite stehn,
Indeß ich weiter Raths mit Warwick pflege.

Margaretha.

Gott gebe, daß sein Wort ihn nicht behext!
(Sie tritt mit dem Prinzen und Oxford zurück.)

König Ludwig.

Nun sag' mir, Warwick, recht auf dein Gewissen:
Ist Edward wahrhaft König? Ungern schlöss' ich
Freundschaft mit dem, der nicht zu Recht erwählt ist.

Warwick.

Dafür verpfänd' ich meinen Ruf und Ehre.

König Ludwig.

Doch ist er würdig in des Volkes Augen?

Warwick.

Um desto mehr, weil Heinrich Unglück hat.

König Ludwig.

Dann weiter, allen Trug beiseitgesetzt,
Sag' ehrlich mir den Umfang seiner Liebe
Zu unsrer Schwester.

Warwick.

                    Sie erscheint ganz so,
Wie sie sich ziemt für einen Herrn wie er.
Oft hört' ich selber, wie er sagt' und schwor,
Sie, seine Liebe, sei ein ew'ger Baum,
Davon die Wurzel haft' im Grund der Tugend

Und Laub und Frucht sich nähr' am Strahl der Schönheit,
Den Haß nicht fürchtend, nur ein sprödes Nein,
Bis Fräulein Bona löse seine Pein.

König Ludwig.

Nun Schwester, laß uns deine Absicht hören.

Bona.

Dein Jawort oder Nein soll meines sein.

(Zu Warwick.)

Jedoch bekenn' ich, daß schon oft vor heut,
Wann ich vernahm von Eures Herrn Verdienst,
Mein Ohr zur Sehnsucht die Vernunft verlockte.

König Ludwig.

Dann, Warwick, so: Bona soll Edward's sein,
Und jetzt sofort werd' ein Vertrag entworfen,
Das Leibgeding' anlangend, welches England
Für ihren Brautschatz auszusetzen hat. —
Kommt her, Frau Margaretha, und seid Zeugin,
Daß Bona sich verlobt mit Englands König.

Prinz.

Mit Edward, aber nicht mit Englands König.

Margaretha.

Arglist'ger Warwick, du ersannst den Plan,
Durch diese Heirath mein Gesuch zu hindern!
Bevor du kamst, war Ludwig Heinrich's Freund.

König Ludwig.

Und ist noch jetzt sein Freund und Margaretha's.
Wenn aber euer Thronrecht locker ist,
Wie Edward's guter Fortgang fast beweist,
So ist es billig, daß ich meiner Hülfe,
Die ich vorhin verhieß, entschlagen sei.
Doch sollt ihr jeden Dienst von mir erhalten,
Den ihr bedürft und ich gewähren kann.

Warwick.

Heinrich lebt jetzt in Schottland wohlgemuth,
Wo er nichts hat und nichts verlieren kann;
Ihr aber, unsre weiland Königin,
Habt einen Vater, um für Euch zu sorgen,
Und solltet dem, statt Frankreich, lästig fallen.

Margaretha.

Schweig, unverschämter, frecher Warwick, schweig!
Du stolzer Königsschöpfer und Vernichter!
Ich will nicht fort, bis ich durch Wort' und Thränen,
Voll Wahrheit beide, König Ludwig zeige,
Wie falsch du bist und Edward's Liebe hohl;
Denn beide seid ihr Brüder gleicher Kappen.

(Man hört ein Horn blasen.)

König Ludwig.

Horch, eine Post für Warwick oder uns.

(Ein Bote tritt auf.)

Bote.

Mein Herr Gesandter, dieser Brief hier ist an Euch
Von Eurem Bruder, Markgraf Montague. —
Der hier vom König ist an Eure Hoheit. —
Der, gnäd'ge Frau, an Euch, weiß nicht von wem.

(Alle lesen ihre Briefe.)

Orford.

Ich seh' es gern, daß unsre schöne Herrin
Beim Lesen lächelt, Warwick finster blickt.

Prinz.

Und seht, wie Ludwig stampft, als wurmt' ihn was!
Ich hoff', es geht noch gut.

König Ludwig.

Warwick, was sagt dein Brief? — und Eurer, schöne Frau?

Margaretha.

Der mein' erfüllt mein Herz mit unverhoffter Freude.

Warwick.

Der meine ist voll Kummer und Verdruß.

König Ludwig.

Was? Euer Herr heirathet Lady Grey?
Und, sein' und Eure Fälschung gut zu machen,
Schickt er dies Blatt, zur Ruhe mich zu sprechen?
Ist dies der Bund, den er mit Frankreich sucht?
Wagt er's uns zu verschmähn auf solche Art?

5*

Margaretha.

Ich sagt' es Eurer Majestät voraus:
Da seht Ihr Edward's Lieb' und Warwick's Ehre.

Warwick.

Hier, König Ludwig, schwör' ich vor dem Himmel,
Bei meiner Hoffnung auf des Himmels Heil:
Ich bin von diesem Frevel Edward's rein.
Er ist nicht mehr mein Fürst, denn er entehrt mich,
Doch mehr sich selbst, wenn er die Schande sähe.
Vergaß ich, daß mein Vater durch die Yorks
Vor seiner Zeit zu Tode kommen ist?
Schwieg ich zu der Entehrung meiner Nichte?
Schmückt' ich sein Haupt mit königlicher Krone?
Verstieß ich Heinrich aus ererbtem Recht?
Und wird mir schließlich so mit Schimpf gelohnt?
Schand' über ihn! denn mir kommt Ehre zu;
Er nimmt mir Ehr', und um sie herzustellen,
Sag' ich ihm ab und kehr' zurück zu Heinrich. —
Erlauchte Frau, begrab den alten Groll,
Und künftig bin ich dein getreuer Diener;
Ich will das Fräulein Bona an ihm rächen
Und setze Heinrich wieder ein ins Reich.

Margaretha.

Warwick, dies Wort kehrt meinen Haß in Liebe;
Die alte Schuld vergeb' ich und vergess' ich,
Und freu' mich, daß du Heinrich's Freund sein willst.

Warwick.

So sehr sein Freund, sein unverstellter Freund,
Daß, wenn uns König Ludwig ein'ge Scharen
Erlesner Truppen zu verleihn geneigt,
So unternehm' ich's, drüben sie zu landen,
Und stürze den Tyrannen mit Gewalt.
Sein neuerkornes Weib wird ihm nicht helfen;
Und Clarence wird — so meldet mir mein Brief —
Ihm höchst wahrscheinlich jetzt abtrünnig werden,
Weil er nach Ueppigkeit anstatt für Ehre,
Und für des Reiches Heil und Stärke freit.

Bona.

Mein Bruder, wie soll Bona Rache finden,
Wenn du nicht dieser armen Fürstin hilfst?

Margaretha.

Berühmter Fürst, wie soll mein Heinrich leben,
Wenn du ihn nicht von tiefem Fall erhebst?

Bona.

Mein Streit und dieser Königin sind eins.

Warwick.

Und meiner, schönes Fräulein, eint sich Eurem.

König Ludwig.

Und meiner ihrem, deinem, Margaretha's.
Deswegen bin ich fest entschlossen jetzt
Euch beizustehn.

Margaretha.

Laßt mich für alle ehrerbietig danken.

König Ludwig.

Wohlan denn, Englands Bote, kehre heim,
Dem falschen Edward sag', dem Afterkönig,
Daß Ludwig ihm Spielleute schicken will,
Um ihm und seiner Braut eins aufzuspielen.
Du siehst wie's steht; schreck' deinen Herrn damit.

Bona.

Sag' ihm, in Hoffnung seiner Witwerschaft
Woll' ich um ihn den Kranz von Weiden tragen.

Margaretha.

Sag' ihm, mein Trauerkleid sei abgelegt,
Und ich bereit Kriegsrüstung anzuziehn.

Warwick.

Sag' ihm von mir, er habe mich gekränkt,
Drum woll' ich ihn entthronen, eh' er's denkt.
Da ist dein Lohn; nun geh.

(Der Bote ab.)

König Ludwig.

Ja, Warwick, du
Und Oxford mit fünftausend Mann
Sollt über See, dem Falschen Fehde bieten;
Und nach Befund soll diese edle Frau
Und auch der Prinz mit frischen Truppen folgen.

Doch eh du gehst, lös' einen Zweifel mir:
Was haben wir für Bürgschaft deiner Treue?

Warwick.

Dies soll Euch meiner festen Treu versichern:
Wenn unsre Fürstin will und dieser Prinz,
Soll meine älteste Tochter, meine Freude,
Zu heil'ger Ehe sich mit ihm verbinden.

Margaretha.

Ich sage Ja, und dank' Euch für den Antrag. —
Sohn Edward, sie ist schön und tugendhaft;
Drum zaudre nicht, gib Warwick deine Hand
Und mit der Hand dein unumstößlich Wort,
Daß Warwick's Tochter nur die Deine wird.

Prinz.

Ich nehm' sie an, denn sie verdient es wohl;
Und zum Gelöbniß biet' ich meine Hand.
(Er gibt Warwick die Hand.)

König Ludwig.

Was zögern wir? Man soll die Mannschaft sammeln. —
Und du, Bourbon, Großadmiral des Reichs,
Sollst sie mit unsrer Flotte übersetzen. —
Des Krieges Unheil soll Edward verderben,
Der Frankreichs Damen höhnt durch spöttisch Werben!
(Alle ab, außer Warwick.)

Warwick.

Ich kam von Edward als Gesandter her,
Doch kehr' ich heim als sein geschworner Todfeind.
Heirathsgeschäfte gab er mir in Auftrag;
Krieg aber sei die Antwort auf sein Frei'n.
Hatt' er zum Strohmann keinen sonst als mich?
Dann wend' auch ich allein den Spaß in Leid.
Ich war der Mann, der ihn zur Kron' erhob,
Ich will der Mann sein, der ihn wieder stürzt:
Zwar, Heinrich's Elend kümmert mich nicht viel,
Doch strafen will ich Edward's Possenspiel.
(Ab.)

Vierter Aufzug.

Erste Scene.

London.   Ein Zimmer im Palast.

Gloster, Clarence, Somerset, Montague treten auf.

Gloster.

Nun, Bruder Clarence, sagt, was haltet Ihr
Von dieser neuen Eh' mit Lady Grey?
Traf unser Bruder nicht 'ne würd'ge Wahl?

Clarence.

Ach, wie Ihr wißt, nach Frankreich ist es weit:
Wie konnt' er warten, bis Freund Warwick heimkehrt?

Somerset.

Mylords, laßt dies Gespräch; da kommt der König.

(Trompetenfanfare.   König Edward mit Gefolge, Lady Grey als Königin,
Pembroke, Stafford und Hastings treten auf.)

Gloster.

Und seine wohlerwählte junge Frau.

Clarence.

Ich werd' ihm offen sagen, was ich denke.

König Edward.

Nun, Clarence, wie gefällt Euch unsre Wahl,
Daß Ihr so ernsthaft seid, halb mißvergnügt?

Clarence.

So gut wie Ludwig und dem Grafen Warwick,
Die ja so schwach von Muth und Urtheil sind,
Daß sie den Schimpf uns nicht verübeln werden!

König Edward.

Und wenn sie's übel nähmen ohne Grund:
Sie sind nur Ludwig, Warwick; ich bin Edward,
Dein Herr und Warwick's; was ich will, geschieht.

Gloster.

Das soll es auch, Ihr seid ja unser König;
Doch übereilte Eh' thut selten gut.

König Edward.

Ei, Bruder Richard, seid Ihr auch beleidigt?

Gloster.

Ich nicht.
Verhüte Gott, daß ich geschieden wünschte
Was Gott vereint hat! Ja, und schade wär's,
Zu trennen was so hübsch zusammenpaßt.

König Edward.

Nun, Euren Spott und Abneigung beiseite,
Nennt einen Grund, weshalb nicht Lady Grey
Mein Weib sein sollt' und Englands Königin. —
Ihr gleichfalls, Somerset und Montague,
Sagt offen, was ihr denkt.

Clarence.

So ist dies meine Meinung: König Ludwig
Wird Euer Feind, weil Ihr ihn so gefoppt
Mit Eurer Werbung um Prinzessin Bona.

Gloster.

Und Warwick, da er that was Ihr befahlt,
Ist nun entehrt durch diese neue Heirath.

König Edward.

Wie, wenn ich diese zwei beschwichtige
Durch Mittel, wie ich sie ersinnen mag?

Montague.

Gleichwol, ein solcher Bund geschürzt mit Frankreich
Hätt' unsre Insel gegen fremden Sturm
Weit mehr gestärkt als jede Landesheirath.

Hastings.

Ei, wißt Ihr nicht, daß England für sich selbst
Schon sicher ist, wenn's treu ist in sich selbst?

Montague.

Ja, aber sichrer, wenn gedeckt von Frankreich.

Hastings.

'S ist besser, Frankreich nutzen als vertraun.
Laßt uns gedeckt von Gott sein und dem Meer,
Das er uns gab als unnehmbaren Wall,
Und blos mit ihrer Hülf' uns selber wehren:
In ihnen und uns selbst liegt unser Schutz!

Clarence.

Für diesen einen Spruch verdient Lord Hastings
Die Erbin des Lord Hungerford zu frein.

König Edward.

Was denn? Es war mein Will' und meine Gunst:
Und diesmal soll Gesetz sein was ich will.

Gloster.

Doch dünkt mich, Eure Hoheit that nicht wohl,
Daß Ihr Lord Scales' Erbtochter weggegeben
Dem Bruder Eurer lieben jungen Frau:
Sie hätte besser mir gepaßt, auch Clarence;
Ihr macht die Frau zum Grab der Bruderliebe.

Clarence.

Sonst hättet Ihr Lord Bonville's Erbin nicht
Dem Sohne Eurer jungen Frau verliehn
Und Eure Brüder sonst sich umthun lassen.

König Edward.

Ach, armer Clarence! Also um ein Weib
Bist du verstimmt? Ich will dich schon versorgen.

Clarence.

In Eurer Wahl bewiest Ihr Eure Weisheit,
Und da sie seicht ist, so erlaubt mir nur,
Daß ich den Mäkler für mich selber spiele;
Und zu dem Zweck werd' ich Euch bald verlassen.

König Edward.

Geht oder weilt: Edward will König sein
Und nicht gejocht an seiner Brüder Willen.

Königin Elisabeth.

Mylords, eh Seine Majestät geruhte
Mich zu erhöhn zu königlichem Rang —
Seid nur gerecht, und jeder muß gestehn,

Daß ich von Abkunft nicht unedel war,
Und schon Geringre hatten gleiches Glück.
Doch wie mein Rang mich und die Meinen ehrt,
Droht Eure Ungunst, deren Lieb' ich wünschte,
Mein Glück zu trüben mit Gefahr und Leid.

König Edward.

Mein Herz, laß ab zu schmeicheln ihrem Groll:
Was für Gefahr und Leid kann dich betreffen,
Solang' nur Edward dein beständ'ger Freund
Und ihr Monarch ist, dem sie dienen müssen?
Ja, dienen sollen, und dich lieben auch,
Wofern sie nicht nach meinem Haß verlangen;
Und thun sie das, dich schirmen werd' ich doch,
Und ihnen soll mein Zorn sich fühlbar machen.

Gloster (bei Seite).

Ich sage nichts, doch denk' ich desto mehr.
(Ein Bote tritt auf.)

König Edward.

Nun, Bote, was für Brief' und Neuigkeiten
Aus Frankreich?
Bote.

   Herr, kein Brief, und wenig Worte;
Doch solche, die ich ohn' ausdrücklichen
Pardon nicht melden darf.

König Edward.

Gut, wir ertheilen dir Pardon; drum, kurz,
Sag' ihre Worte mir, so gut du weißt.
Was sagt Herr Ludwig denn auf unsern Brief?

Bote.

Bei meinem Abschied sprach er wörtlich so:
„Dem falschen Edward sag', dem Afterkönig,
Daß Ludwig ihm Spielleute schicken will,
Um ihm und seiner Braut eins aufzuspielen."

König Edward.

Ist er so brav? Er hält mich wol für Heinrich?
Doch was sagt die Prinzeß zu meiner Heirath?

Bote.

Dies waren ihre Worte, sanft und stolz:
„Sag' ihm, in Hoffnung seiner Witwerschaft
Will ich um ihn den Kranz von Weiden tragen."

König Edward.

Nicht schlimm: sie konnte nicht viel wen'ger sagen;
Der Schlag traf sie. Doch wie sprach Heinrich's Weib?
Denn, wie ich hörte, war sie dort zugegen.

Bote.

„Sag' ihm", sprach sie, „das Trauern ist vorüber,
Und ich bereit Kriegsrüstung anzuziehn."

König Edward.

Es scheint, sie will die Amazone spielen.
Was aber sagte Warwick zu dem Schimpf?

Bote.

Er, aufgebrachter wider Eure Hoheit
Als all die andern, gab mir diesen Auftrag:
„Sag' ihm von mir, er habe mich gekränkt,
Drum woll' ich ihn entthronen, eh er's denkt."

König Edward.

Ha, wagte der Rebell so stolze Worte?
Gut denn, ich will mich wappnen, so gewarnt.
Krieg soll'n sie haben und den Hochmuth büßen!
Doch sprich, ist Warwick Freund mit Margarethen?

Bote.

Ja, gnäd'ger Fürst; so fest ist ihre Freundschaft,
Daß sich ihr Prinz vermählt mit Warwick's Tochter.

Clarence.

Wol mit der ältern; Clarence will die jüngre. —
Lebt wohl nun, Bruder König, und sitzt fest;
Denn ich will fort zu Warwick's andrer Tochter,
Damit ich, wenn auch ohne Königreich,
Nicht schlechter sei als Ihr im Punkt der Ehe. —
Wer mich und Warwick liebhat, folge mir!

(Clarence ab. Somerset folgt ihm.)

Gloster (bei Seite).

Nicht ich.
Mein Sinn steht noch nach fernern Dingen. Ich
Bleib' hier, nicht Edward's halber, nein, der Krone.

König Edward.

Clarence und Somerset gehn fort zu Warwick!
Trotzdem bin ich gerüstet auf das Aergste,
Und Eile heischt die dringende Gefahr. —
Pembroke und Stafford, hebt zu unserm Dienst
Mannschaften aus und waffnet euch zum Krieg;
Sie sind gelandet, oder werden's bald.
Ich selbst will in Person euch schleunig folgen.

(Pembroke und Stafford ab.)

Doch eh ich geh', Hastings und Montague,
Löst meinen Zweifel. Ihr vor allen andern
Steht Warwick nah durch Blut und durch Befreundung:
Drum sagt mir, liebt ihr Warwick mehr als mich?
Wenn dem so ist, so scheidet hin zu ihm:
Ich wünsche lieber Feind' als hohle Freunde;
Doch wenn ihr Treue zu bewahren denkt,
So macht mich deß durch einen Schwur gewiß,
Damit ich niemals euch mißtrauen mag.

Montague.

Gott helfe Montague, wie er Euch treu ist!

Hastings.

Und Hastings, wie er Euch zu dienen wünscht!

König Edward.

Und Bruder Richard, Ihr, steht Ihr zu uns?

Gloster.

Ja, gegen alle, die Euch widerstehn.

König Edward.

Nun wohl, so bin ich meines Siegs gewiß.
Drum vorwärts! Zaudert keine Stunde mehr!
Warwick entgegen und dem fremden Heer!

(Alle ab.)

Zweite Scene.

Eine Ebene in Warwickshire.

Warwick und **Orford** treten auf, mit französischen und andern Truppen.

Warwick.

Glaubt mir, Mylord, so weit geht alles gut;
Das niedre Volk strömt uns in Haufen zu.
(Clarence und Somerset treten auf.)

Doch seht, da kommen Somerset und Clarence. —
Sagt rasch, ihr Herren, sind wir alle Freunde?

Clarence.

Sorgt darum nicht, Mylord.

Warwick.

Willkommen denn dem Warwick, lieber Clarence! —
Willkommen, Somerset! — Ich halt's für Feigheit,
Mißtrauisch bleiben, wo ein edles Herz
Die offne Hand versetzt als Liebespfand;
Sonst könnt' ich denken, Clarence, Edward's Bruder,
Sei ein verstellter Freund nur unsres Werks.
Nein, sei willkommen! ich geb' dir meine Tochter.
Und was bleibt nun zu thun? Im Schutz der Nacht,
Da sich dein Bruder sorglos hat gelagert,
Und weil sein Volk umherstedt in den Städten,
Und nichts als eine Wache bei ihm ist,
Kann man ihn überrumpeln und ergreifen.
Die Späher fanden diesen Streich gar leicht,
Daß, wie Ulysses und Held Diomed
Mannhaft und schlau zu Rhesus' Zelten schlichen
Und raubten Thraciens unheilvolle Rosse,
So wir, verdeckt vom Mantel schwarzer Nacht,
Die Wachen Edward's unversehns erschlagen
Und greifen ihn — ich sage nicht, ihn tödten,
Denn nur zu überrumpeln denk' ich ihn.
Ihr, die ihr folgen wollt zu diesem Wagniß,
Ruft laut mit eurem Führer Heinrich's Namen!

Alle.

Heinrich!

Warwick.

Nun laßt uns schweigend unsres Weges ziehn.
Für Warwick's Freunde Gott und Sanct-Georg!
(Alle ab.)

Dritte Scene.

Edward's Lager unweit Warwick.

Trabanten vor dem Zelt des Königs.

Erster Trabant.

Kommt, Leute, jeder Mann auf seinen Posten!
Der König hat sich schon zum Schlaf gesetzt.

Zweiter Trabant.

Was, will er nicht zu Bett?

Erster Trabant.

Ei nein, er hat 'nen hohen Schwur gethan,
Er will nicht liegen und natürlich ruhn,
Bis Warwick, oder er vernichtet ist.

Zweiter Trabant.

Dann wird der Tag vermuthlich morgen sein,
Wenn Warwick schon so nah ist wie sie sagen.

Dritter Trabant.

Erzählt mir doch, wer ist der Edelmann,
Der mit dem König hier im Zelte ruht?

Erster Trabant.

Lord Hastings, der genauste Freund des Königs.

Dritter Trabant.

Der ist es? Doch warum befiehlt der König,
Daß meist sein Volk umherliegt in den Städten,
Indeß er selbst im kalten Felde bleibt?

Zweiter Trabant.

's ist größre Ehre, weil gefährlicher.

Dritter Trabant.

Mag sein; ich lob' mir Achtbarkeit und Ruhe:

Das lieb' ich mehr als Ehre mit Gefahr.
Wenn Warwick wüßt', in welcher Lag' er ist,
So fürcht' ich sehr, daß er ihn wecken würde.

Erster Trabant.

Wenn's unsre Hellebarden ihm nicht wehren.

Zweiter Trabant.

Ja, wozu sonst bewachen wir sein Zelt,
Als ihn bei Nacht vor Feinden zu beschützen?
(Warwick, Clarence, Oxforb, Somerset kommen mit Truppen.)

Warwick.

Dies ist sein Zelt; und seht, da steht die Wache.
Muth, Leute! Ehr' und Ruhm jetzt ober nie!
Folgt mir nur nach, und Edward ist gleich unser.

Erster Trabant.

Wer da?

Zweiter Trabant.

Steh, oder stirb!
(Warwick und die andern rufen alle „Warwick! Warwick!" und greifen die
Wache an, welche flieht und „Zu den Waffen!" ruft. Warwick und die andern
setzen ihnen nach. — Sobann kommen sie unter Trommeln und Trompeten zurück und
bringen den König im Nachtgewande, in einem Lehnstuhl sitzend, aus dem Zelte.
Gloster und Hastings fliehn über die Bühne.)

Somerset.

Wer sind die Fliehnden dort?

Warwick.

Richard und Hastings.
Laßt sie nur fliehn; hier ist der Herzog.

König Edward.

Herzog! Ei, Warwick, als wir jüngst uns trennten,
Hießt Ihr mich König.

Warwick.

Ja, 's ist anders jetzt:
Als Ihr auf meiner Sendung mich beschimpftet,
Da hab' ich Euch vom König begrabirt,
Und jetzt ernenn' ich Euch zum Herzog York.
Wie solltet Ihr ein Königreich regieren,
Da Ihr nicht wißt, was man Gesandten schuldet,
Noch wie man sich mit einer Frau begnügt,

Noch wie man Brüder brüderlich behandelt,
Noch wie man strebt für seines Volkes Wohl,
Noch wie man sich vor seinen Feinden birgt!

König Edward.

Ei, Bruder Clarence, bist du auch dabei?
Dann seh' ich wohl, daß Edward sinken muß. —
Doch, Warwick, allem Mißgeschick zum Trotz,
Trotz dir und allen deinen Spießgesellen
Wird Edward stets als König sich betragen.
Fortunens Mißgunst stürze meinen Thron:
Mein Geist geht über ihres Rades Kreis.

Warwick.

Dann sei im Geist Edward der König Englands,
Heinrich jedoch soll Englands Krone tragen
Und wahrer König sein, du nur der Schatten. —
                    (Er nimmt ihm die Krone ab.)
Mylord von Somerset, verpflichtet mich
Und gebt dem Herzog Edward das Geleit
Zu meinem Bruder, Erzbischof von York.
Wann ich gefochten hab' mit Pembroke's Volk,
Folg' ich Euch nach und meld' ihm, welche Antwort
Ihm Ludwig und das Fräulein Bona senden.
So lang' lebt wohl, mein guter Herzog York.

König Edward.

Der Mensch muß dulden, was das Schicksal bringt;
Ein Thor, wer gegen Wind und Strömung ringt.
        (König Edward wird abgeführt. Somerset begleitet ihn.)

Oxford.

Was bleibt für uns nun noch zu thun, Mylords,
Als daß wir mit dem Heer nach London ziehn?

Warwick.

Ja wohl, das ist das erste, was zu thun ist:
Den König Heinrich aus der Haft zu lösen
Und ihn zu setzen auf den Königsthron.
                    (Alle ab.)

Bierte Scene.

London. Ein Zimmer im Palast.

Königin Elisabeth und Rivers treten auf.

Rivers.

Was, gnäd'ge Frau, hat Euch so schnell verwandelt?

Königin Elisabeth.

Wie, Bruder Rivers, müßt Ihr erst erfahren,
Was für ein Unglück König Edward traf?

Rivers.

Verlor er eine Feldschlacht gegen Warwick?

Königin Elisabeth.

Nein, seine eigne fürstliche Person.

Rivers.

So ward mein Fürst erschlagen?

Königin Elisabeth.

Ja, fast erschlagen, denn er ward gefangen,
Sei's daß die falsche Leibwach' ihn verrieth,
Sei's daß der Feind ihn anfiel unversehens;
Und, wie ich ferner höre, ist er jetzt
Dem Erzbischof von York in Haft gegeben,
Dem Bruder Warwick's, folglich unserm Feinde.

Rivers.

Ich muß gestehn, es ist ein schwerer Schlag;
Indessen, gnäd'ge Frau, ertraget ihn:
Heut siegte Warwick, morgen kann er fliehn.

Königin Elisabeth.

Die Hoffnung muß dem Tode mich entziehn;
Auch muß ich von Verzweiflung mich entwöhnen
Aus Sorg' um Edward's Kind in meinem Schoos.
Dies ist es, was mich lehrt, den Jammer zügeln
Und sänftlich tragen meines Unglücks Kreuz;
Ja, deshalb schluck' ich manche Thräne nieder
Und hemme blutverzehrender Seufzer Drang,
Daß Thränenflut und Seufzer nicht verderben
Des Königs Frucht und Englands echten Erben.

König Heinrich der Sechste. Dritter Theil.   6

Rivers.

Was aber ward aus Warwick, gnäd'ge Frau?

Königin Elisabeth.

Man meldet mir, daß er auf London rückt,
Nochmals die Kron' auf Heinrich's Haupt zu setzen.
Den Rest errath: Edward's Partei muß fallen.
Doch um dem Grimm des Wüthrichs zu entgehn —
Denn keinem trau, der einmal Treue brach! —
Will ich sofort zur heil'gen Freistatt fliehn,
Für Edward's Recht den Erben mindestens rettend;
Dort ruh' ich sicher vor Gewalt und List.
Kommt, laßt uns fliehn, eh es zu spät geworden;
Wenn Warwick uns ergreift, wird er uns morden.

(Beide ab.)

Fünfte Scene.

Ein Forst bei Schloß Middleham in Yorkshire.

Gloster, Hastings, Sir William Stanley und andere treten auf.

Gloster.

Nun, Mylord Hastings und Sir William Stanley,
Staunt länger nicht, daß ich hierher euch zog
In dieses tiefste Dickicht des Gehegs.
So steht die Sach'. Ihr wißt ja, König Edward
Ist als Gefangner hier beim Erzbischof,
Der gut ihn hält und ihm viel Freiheit läßt,
Und oft, von wenig Wache nur begleitet,
Kommt er zur Jagd hierher, sich zu ergötzen.
Ich that ihm durch geheime Mittel kund:
Wenn unterm Vorwand der gewohnten Jagd
Um diese Stund' er dieses Weges komme,
So werd' er gute Freund' und Pferde finden,
Ihn zu befrein aus der Gefangenschaft.

(König Edward und ein Jäger treten auf.)

Jäger.

Hierher, mein gnäd'ger Herr; hier liegt das Wild.

König Edward.

Nein hierher, Mann; siehst du, da stehn die Jäger. —

Nun, Bruder Gloster, Hastings, und ihr andern,
Versteckt ihr euch, des Bischofs Wild zu stehlen?

Gloster.

Bruder, die Zeit und Sache heischen Eil';
Eu'r Pferd steht fertig an des Forstes Ecke.

König Edward.

Wohin denn soll es gehn?

Hastings.

Nach Lynn, mein Fürst, und dann zu Schiff nach Flandern.

Gloster.

Fürwahr, getroffen! das war meine Meinung.

König Edward.

Stanley, ich will den Eifer dir vergelten.

Gloster.

Was zögern wir? Zum Plaudern ist nicht Zeit.

König Edward.

Was meinst du, Jäger, willst du mit uns gehn?

Jäger.

Besser als bleiben und mich hängen lassen.

Gloster.

So kommt, macht fort; und ohne viel Halloh!

König Edward.

Bischof, leb' wohl; wahr' dich vor Warwick's Rache;
Und bete, daß mich Gott zum König wieder mache.

(Alle ab.)

Sechste Scene.

London. Ein Zimmer im Tower.

König Heinrich, Clarence, Warwick, Somerset, der junge
Richmond, Orford, Montague, der Commandant des Tower
und Gefolge treten auf.

König Heinrich.

Herr Commandant, nun Gott und gute Freunde

Edward gestürzt vom königlichen Sitz
Und mein Gefängniß umgekehrt in Freiheit,
Mein Leid in Freude, meine Furcht in Hoffnung,
Was schuld' ich dir beim Fortgehn an Gebühren?

Commandant.

Der Unterthan darf nichts vom Fürsten fordern;
Wenn aber eine Bitt' in Demuth gilt,
So fleh' ich um Verzeihung Eurer Hoheit.

König Heinrich.

Wofür denn, Commandant? für gute Haltung?
Nein, Freund, ich will dir deine Güte lohnen,
Die mir den Kerker zum Vergnügen machte:
Ja, ein Vergnügen wie's der Vogel fühlt
Im Käfig, wann nach vielem trübem Härmen
Zuletzt bei Tönen häuslicher Musik
Er den Verlust der Freiheit ganz vergißt. —
Du aber, Warwick, bist nächst Gott mein Retter,
Darum vornehmlich dank' ich Gott und dir:
Er war des Werks Urheber, du das Werkzeug.
Auf daß ich nun des Schicksals Groll besiege
Durch niedrig Leben, wo es mich nicht trifft,
Und daß nicht dieses theuren Landes Volk
Gezüchtigt werden mag mit meinem Unstern:
Warwick, obschon mein Haupt die Krone trägt,
So übergeb' ich dir mein Regiment,
Denn du bist glücklich stets in allem Thun.

Warwick.

Mein Fürst, man pries Euch stets als tugendhaft;
Jetzt zeigt Ihr Euch so weis' als tugendhaft,
Da Ihr des Schicksals Groll erspäht und meidet:
Denn selten folgt der Mensch den Sternen recht.
In Einem Stück nur dünkt mich daß Ihr fehlt:
Weil Clarence hier ist und Ihr mich erwählt.

Clarence.

Nein, Warwick, du bist würdig der Gewalt,
Dem die Gestirne schon bei der Geburt
Den Oelzweig und den Lorber zugesprochen,
Als einem, der in Krieg und Frieden glänzt;
Drum geb' ich willig meine Stimme dir.

Warwick.

Und ich erwähle Clarence zum Protector.

König Heinrich.

Warwick und Clarence, gebt die Hand mir beide.
Vereinigt nun die Händ' und auch die Herzen,
Daß keine Zwietracht die Regierung stört.
Seid beide denn Regenten dieses Reichs,
Indeß ich selbst ein stilles Leben führ'
Und end' in Andacht meines Lebens Reise,
Zum Heil der Seel' und meines Schöpfers Preise.

Warwick.

Was sagt Ihr, Clarence, zu des Königs Wort?

Clarence.

Ich sage Ja, wenn Warwick auch bejaht;
Denn deinem guten Glück vertrau' ich mich.

Warwick.

So muß ich's, ungern zwar, zufrieden sein.
Laß uns gepaart, wie ein zwiefacher Schatten
Von Heinrich's Leib, an seinem Platze stehn,
Das heißt, die Bürde der Regierung tragen;
Die Ehre hab' er selbst und seine Ruh.
Und, Clarence, hört: mehr als nothwendig ist's,
Edward zum Hochverräther zu erklären
Und seine Land' und Güter einzuziehn.

Clarence.

Was sonst noch? — und den Erbgang festzusetzen.

Warwick.

Wobei sein Theil dem Clarence nicht entgeht.

König Heinrich.

Doch, mit dem ersten eurer Hauptgeschäfte,
Laßt mich euch bitten — nicht befehl' ich mehr —,
Daß eure Königin und mein Sohn Edward
Aus Frankreich schleunigst heimberufen werden;
Bis ich sie hier seh', wird von banger Furcht
Die Freud' an meiner Freiheit halb verfinstert.

Clarence.

Es soll geschehn, mein Fürst, mit aller Eile.

König Heinrich.

Mylord von Somerset, wer ist der Knabe,
Für den Ihr, wie es scheint, so zärtlich sorgt?

Somerset.

Mein Fürst, der junge Heinrich Graf von Richmond.

König Heinrich.

Komm näher, Englands Hoffnung!

(Er legt ihm die Hand aufs Haupt.)

Wofern geheime Mächte Wahrheit nur
Eingeben meinen ahnenden Gedanken,
Wird dieser feine Bub' einst Englands Segen.
Sein Blick ist voll friedfert'ger Majestät,
Sein Haupt geformt ein Diadem zu tragen,
Die Hand zum Scepterführen, und er selbst
Um künftig einen Königsthron zu zieren.
Ehrt ihn, Mylords: er ist es, der dem Staat
Mehr helfen wird, als ich ihm Schaden that.

(Ein Bote tritt auf.)

Warwick.

Was bringst du Neues, Freund?

Bote.

Daß Edward Eurem Bruder ist entwischt
Und, wie er hörte, nach Burgund entflohn.

Warwick.

Sehr unschmackhafte Zeitung! Wie entkam er?

Bote.

Richard Herzog von Gloster und Lord Hastings
Entführten ihn; sie lauerten auf ihn
In heimlichem Versteck am Waldessaum
Und machten frei ihn von des Bischofs Jägern;
Denn Jagen war sein tägliches Geschäft.

Warwick.

Mein Bruder war zu sorglos bei der Sache.
Doch laßt uns fort, mein Fürst, und Hülf' ersehn
Für böse Wunden, die vielleicht entstehn.

(König Heinrich, Clarence, Warwick, der Commandant und Gefolge ab.)

Somerset.

Mylord, die Flucht Edward's gefällt mir nicht;
Denn sicher wird Burgund ihm Hülfe leisten,
Und dann gibt's wieder Krieg in nächster Zeit.
Wie eben Heinrich's Weissagung mein Herz

Erfreut mit Hoffnung auf den jungen Richmond,
So bangt mein Herz, was ihm in diesen Kämpfen
Zustoßen kann, zum Unheil ihm und uns;
Darum, Mylord, dem Schlimmsten vorzubeugen,
Laßt uns sofort ihn nach Bretagne senden,
Bis diese Stürme innern Haders enden.

Orford.

Ja; denn wenn York den Thron zurückerhält,
Fürcht' ich, daß Richmond mit den andern fällt.

Somerset.

So sei es; nach Bretagne soll er gehn;
Kommt mit, wir wollen gleich zum Rechten sehn.
(Alle ab.)

Siebente Scene.

Vor York.

König Edward, Gloster, Hastings kommen mit Truppen.

König Edward.

Nun, Bruder Richard, Lord Hastings und ihr andern,
Bis so weit macht das Glück es wieder gut
Und sagt, daß nochmals ich vertauschen soll
Mein welkes Loos mit Heinrich's Herrscherkrone.
Wir schifften glücklich über und zurück
Und brachten von Burgund erwünschte Hülfe;
Und nun wir von dem Hafen Ravensburg
Ans Thor von York gelangt, was bleibt noch übrig
Als einzuziehn in dies mein Herzogthum?

Gloster.

Das Thor verschlossen! Das gefällt mir nicht.
Denn manchem Mann, der auf der Schwelle stolpert,
Bedeutet's, daß Gefahr im Hause laure.

König Edward.

Pah, Zeichen dürfen jetzt uns nimmer schrecken:
Wohl oder übel müssen wir hinein,
Denn hier will unser Anhang zu uns stoßen.

Haftings.

Ich klopf' und fordre sie noch einmal auf.

(Der Burgemeister und die Rathmänner von York erscheinen auf der Mauer.)

Burgemeister.

Mylords, wir hatten Nachricht, daß ihr kämt,
Und schlossen uns zur Sicherheit die Thore;
Denn jetzo sind wir Heinrich Treue schuldig.

König Edward.

Wenn Heinrich König ist, Herr Burgemeister,
Ist Edward mindestens Herzog von York.

Burgemeister.

Ja, lieber Herr, das streit' ich Euch nicht ab.

König Edward.

Nun denn, ich fordre blos mein Herzogthum,
Als welches mich durchaus zufrieden stellt.

Gloster (bei Seite).

Doch hat der Fuchs nur erst die Nase drinnen,
So bringt er auch den Leib bald hinterdrein.

Haftings.

Was steht und zaudert Ihr, Herr Burgemeister?
Macht auf! Wir sind des Königs Heinrich Freunde.

Burgemeister.

Wahrhaftig? Gut, dann machen wir euch auf.

(Von oben ab.)

Gloster.

Ein weiser Hauptmann — und gar bald bekehrt!

Haftings.

Der alte Herr wünscht, alles stände gut,
Wenn er nur aus dem Spiel bleibt. Doch gleichviel:
Sind wir erst drinnen, werden wir gar bald
Ihn sammt dem Rathe zur Vernunft bekehren.

(Der Burgemeister und zwei Rathmänner kommen aus dem Thor.)

König Edward.

Herr Burgemeister, man verschließt das Thor
Zur Nachtzeit nur und während eines Kriegs.
Ei, fürchte nichts, und gib die Schlüssel ab;

Denn Edward wird die Stadt und dich beschützen
Und alle Freunde, die mich unterstützen.

(Trommeln. Montgomery kommt mit Truppen.)

Gloster.

Bruder, da kommt Sir John Montgomery,
Ein zuverläss'ger Freund, wo ich nicht irre.

König Edward.

Sir John, willkommen! Doch weshalb in Waffen?

Montgomery.

Zur Hülf' in stürm'scher Zeit für König Edward,
Wie jedem treuen Unterthanen ziemt.

König Edward.

Dank, wackrer Freund; doch ich vergesse jetzt
Mein Anrecht an die Kron' und heische nur
Mein Herzogthum, bis Gott das andre sendet.

Montgomery.

Dann lebet wohl, denn ich will wieder fort;
Dem König wollt' ich dienen, keinem Herzog. —
Rühr' deine Trommel! Vorwärts, abmarschirt!

(Trommeln.)

König Edward.

Bleibt noch, Sir John; wir können ja erwägen,
Wie man die Kron' auf sichre Art gewinnt.

Montgomery.

Was sprecht Ihr von Erwägen? Kurz und gut,
Wenn Ihr Euch hier zum König nicht erklärt,
So überlass' ich Eurem Schicksal Euch
Und halt' auch die zurück, so Hülfe bringen:
Wozu uns schlagen, wenn Ihr nichts begehrt?

Gloster.

Ei, Bruder, wozu noch Bedenklichkeiten?

König Edward.

Wir wollen fordern, wann wir stärker sind;
Jetzt ist es klug, mein Ziel noch zu verbergen.

Hastings.

Fort seine Scrupel; jetzt regiert das Schwert!

Gloster.

Ein kühner Geist erklimmt die Kron' am schnellsten.
Wir rufen Euch hier ohne weitres aus;
Der Ruf davon wird viele Freunde bringen.

König Edward.

Gut, wie ihr wollt; es ist ja auch mein Recht,
Und Heinrich maßt das Diadem sich an.

Montgomery.

So recht; nun spricht mein König wie er selbst,
Und jetzo will ich Edward's Ritter sein.

Hastings.

Trompeten, blast! Wir rufen Edward aus. —
Komm, Kamerad, verkünde das Proclam.
(Er gibt einem der Soldaten ein Papier. Trompetenfanfare.)

Soldat (liest).

„Edward der Vierte, von Gottes Gnaden König von England
und Frankreich, auch Herr von Irland u. s. w."

Montgomery (den Handschuh hinwerfend).

Und wer da leugnet König Edward's Recht,
Den fordr' ich hier zum einzelnen Gefecht.

Alle.

Lang' lebe Edward der Vierte!

König Edward.

Dank, Freund Montgomery! und Dank euch allen!
Hilft mir das Glück, so lohn' ich eure Liebe.
Jetzt auf die Nacht laßt uns in York verweilen;
Und wann die Frühsonn' ihren Wagen hebt
Ueber die Schranke dieses Horizonts,
Ziehn wir auf Warwick los und seine Helfer;
Denn Heinrich, weiß ich ja, ist kein Soldat.
O störr'ger Clarence, wie übel steht es dir,
Als Heinrich's Schranz den Bruder zu verlassen!
Warwick und dich will ich nach Kräften strafen.
Kommt, zweifelt nicht am Sieg, ihr tapfern Leute,
Und nach dem Siege nicht an reicher Beute!
(Alle ab.)

Achte Scene.

London. Ein Zimmer im Palast.

Trompetenfanfare. König Heinrich, Clarence, Warwick, Montague, Exeter und Orford treten auf.

Warwick.

Was nun, Mylords? Von Belgien aus hat Edward
Mit stürm'schen Deutschen, plumpen Niederländern
Die schmale See in Sicherheit durchschifft
Und rückt mit seiner Truppenmacht auf London,
Und wankelmüthig Volk schart sich zu ihm.

König Heinrich.

Bringt Mannschaft auf und schlagt ihn aus dem Felde.

Clarence.

Ein kleines Feuer wird leicht ausgestampft,
Das, wenn man's duldet, Flüsse nimmer löschen.

Warwick.

In Warwickshire hab' ich ergebne Freunde,
Folgsam im Frieden, aber kühn im Krieg:
Die biet' ich auf; und Eidam Clarence, du
Erreg' in Suffolk, Norfolk und in Kent
Die Edelleut' und Ritter, dir zu folgen;
Du, Bruder Montague, in Buckingham,
Northampton, Leicestershire, da findest du
Viel Männer, die gern thun was du befiehlst;
Du, tapfrer Orford, wunderbar beliebt
In Orfordshire, sollst deine Freunde sammeln.
Mein König mit den treuen Bürgern soll,
Gleichwie sein Eiland, von der See umgürtet,
Oder im Nymphenkreis die keusche Göttin,
In London bleiben, bis wir zu ihm kommen.
Nehmt Urlaub, theure Lords; erwidert nichts.
Lebt wohl, mein Souverän.

König Heinrich.

Leb' wohl, mein Hector, meines Trojas Hoffnung!

Clarence.

Zum Pfand der Treue küss' ich Eure Hand.

König Heinrich.

Mein wohlgesinnter Clarence, Glück mit dir!

Montague.

Getrost mein Fürst! So nehm' ich meinen Urlaub.

Oxford (dem König die Hand küssend).

Und so besiegl' ich meine Treu. Lebt wohl.

König Heinrich.

Mein lieber Oxford, treuer Montague,
Und alle ihr, ein herzlich Lebewohl.

Warwick.

Lebt wohl, Mylords; trefft mich in Coventry.
(Warwick, Clarence, Oxford und Montague ab.)

König Heinrich.

Hier im Palast will ich ein Weilchen ruhn.
Vetter von Exeter, was meinet Ihr,
Mir scheint, die Macht, die Edward hat im Feld,
Wär' nicht im Stande meiner zu begegnen?

Exeter.

Ja, wenn er nur die andern nicht verführt.

König Heinrich.

Das fürcht' ich nicht, mein Thun hat guten Leumund.
Ich schloß vor ihren Bitten nie mein Ohr,
Verschleppte kein Gesuch von Frist zu Frist;
Mein Mitleid war Balsam für ihre Wunden,
Mein mildes Herz dämpft' ihr anschwellend Weh
Und meine Huld stillt' ihre Thränenströme;
Ich habe ihres Reichthums nie begehrt,
Noch sie zu sehr gedrückt mit schweren Steuern;
Noch straft' ich schnell, so oft sie auch gefehlt:
Wie sollten sie denn Edward lieber haben?
Nein, Oheim, solche Güte fordert Güte;
Und wann der Leu das schwache Lamm liebkost,
So hört das Lamm nicht auf ihm nachzugehn.
(Geschrei draußen: „Hoch Lancaster! Hoch Lancaster!")

Exeter.

Hört, hört, mein Fürst! Was für ein Lärm ist das?
(König Edward, Gloster und Soldaten treten auf.)

König Edward.

Ergreift den blöden Heinrich, bringt ihn fort;
Und ruft uns wieder aus zum König Englands. —
Du bist der Quell, der kleine Bäche speist:
Dein Born versiegt; mein Meer saugt leer die Bäche
Und schwillt durch ihre Ebbe desto mehr. —
Fort in den Tower mit ihm; laßt ihn nicht reden.

(König Heinrich wird abgeführt.)

Und, Lords, nach Coventry geht unser Weg,
Wo der gebieterische Warwick steht.
Die Sonne scheint jetzt heiß: nun rasch gemäht,
Eh das gehoffte Heu durch Frost mißräth!

Gloster.

Fort, ehe sich sein Heer vereint, und fangt
Den großgewachsnen Frevler unversehns.
Auf, wackre Krieger, frisch nach Coventry!

(Alle ab.)

Fünfter Aufzug.

Erste Scene.

Coventry.

Auf der Stadtmauer erscheinen Warwick, der Burgemeister von Coventry, zwei Boten und andere.

Warwick.

Wo ist der Bote von dem tapfern Oxford? —
Wie weit ist noch dein Herr, mein guter Freund?

Erster Bote.

Nun schon bei Dunsmore, auf dem Marsch hierher.

Warwick.

Wie weit ist unser Bruder Montague?
Wo ist der Mann, den Montague uns schickte?

Zweiter Bote.

Nun schon bei Daintry, mit gewalt'ger Schar.
(Sir John Somerville tritt auf.)

Warwick.

Nun, Somerville, was sagt mein lieber Sohn?
Wie nah ist Clarence jetzt nach deiner Rechnung?

Somerville.

In Southam ließ ich ihn mit seinen Truppen,
Und hier erwart' ich in zwei Stunden ihn.
(Man hört Trommeln.)

Warwick.

So ist er nah; ich höre seine Trommeln.

Somerville.

Das ist er nicht, Mylord. Southam liegt hier;
Das Trommeln, das Ihr hört, rückt an von Warwick.

Warwick.

Wer kann es sein — wol unverhoffte Freunde?

Somerville.

Da sind sie schon; Ihr werdet's gleich erfahren.
(Ein Marsch. Trompeten. König Edward und Gloster kommen mit ihren Truppen.)

König Edward.

Trompeter, geh und blas zur Unterredung.

Gloster.

Seht, wie der Murrkopf Warwick Schildwach steht.

Warwick.

O unerwünschter Streich! Geck Edward hier?
Wo schliefen unsre Späher? wer bestach sie,
Daß sein Herannahn uns verborgen blieb?

König Edward.

Nun, Warwick, willst du uns das Stadtthor öffnen?
Sprich sanfte Wort' und reuig beug' dein Knie,
Nenn' Edward König, bitt' um seine Gnade:
Und er verzeiht dir diese Missethat.

Warwick.

Nein, so vielmehr: willst du dein Heer zurückziehn?
Bekenn', wer dich erhöht hat und gestürzt,
Nenn' Warwick Schutzherrn, zeig' bußfertig dich:
Und du sollst ferner Herzog sein von York.

Gloster.

Ich dachte, „König" würd' er mindstens sagen;
Wie, oder macht' er wider Willen Spaß?

Warwick.

Ist nicht ein Herzogthum ein schön Geschenk?

Gloster.

Ja freilich, wenn's ein armer Graf vergibt:
Ich will dir Dienst thun für dies wackre Lehn.

Warwick.

Ich war es, der das Königreich ihm gab.

König Edward.

So ist es mein, wenn auch durch Warwick's Gabe.

Warwick.

Du bist kein Atlas für so große Last:
Warwick nimmt sein Geschenk zurück, du Schwächling!
Heinrich ist König, Warwick sein Vasall.

König Edward.

Doch Warwick's König ist Edward's Gefangner;
Und, tapfrer Warwick, gib auf Eins Bescheid:
Was ist der Körper, wenn das Haupt ihm fehlt?

Gloster.

Ach, daß der Warwick nicht mehr Scharfblick hatte,
Daß, während er Trumpf=Zehn zu stehlen dachte,
Der König schlau entwandt war aus dem Spiel!
Ihr ließt den Aermsten im Palast des Bischofs,
Und, zehn zu eins, Ihr trefft ihn jetzt im Tower.

König Edward.

So ist es; aber Ihr bleibt immer Warwick.

Gloster.

Komm, Warwick; nutz die Zeit! knie' nieder, knie!
Nun, wird's bald? Schmiede, eh das Eisen kühlt.

Warwick.

Ich will mir lieber abhaun diese Hand
Und mit der andern an den Kopf dir schleudern,
Eh ich vor dir mein Segel streichen will.

König Edward.

Dann segle, wie du kannst, mit Wind und Flut!
Die Hand hier, fest dein kohlschwarz Haar umwickelnd,
Soll, weil dein abgeschlagner Kopf noch warm ist,
Dies in den Staub mit deinem Blute schreiben:
„Windfahne Warwick kann sich nimmer drehn.“

(Oxford kommt mit Trommeln und fliegenden Fahnen.)

Warwick.

O tröstliches Panier! Seht, Oxford kommt!

Oxford.

Oxford, Oxford für Lancaster!

(Er zieht mit seinen Truppen in die Stadt.)

Gloster.

Das Thor steht offen; laßt uns auch hinein.

König Edward.

Dann könnten Feind' uns in den Rücken fallen.
Laßt uns geordnet stehn; sie kommen bald
Zum Thor heraus und bieten uns die Schlacht;
Wo nicht, so beut die Stadt nur schwachen Schutz:
Man jagt die Frevler leicht da drinnen auf.

Warwick.

Willkommen, Oxford, denn wir brauchen dich!

(Montague kommt mit Trommeln und fliegenden Fahnen.)

Montague.

Montague, Montague für Lancaster!

(Er zieht mit seinen Truppen in die Stadt.)

Gloster.

Du und dein Bruder zahlt für den Verrath
Das beste Blut, das eure Körper bergen!

König Edward.

Je stärkrer Gegenpart, je größrer Sieg.
Mir prophezeit mein Herz Glück und Triumph.

(Somerset kommt mit Trommeln und fliegenden Fahnen.)

Somerset.

Somerset, Somerset für Lancaster!
(Er zieht mit seinen Truppen in die Stadt.)

Gloster.

Zwei Herzoge von Somerset, wie du,
Verkauften schon dem Hause York ihr Leben;
Du sollst der dritte sein, hält nur dies Schwert!
(Clarence kommt mit Trommeln und fliegenden Fahnen.)

Warwick.

Seht da, wie George von Clarence zieht einher
Mit Macht genug um Edward anzugreifen!
Ihm gilt gerechter Eifer für das Recht
Mehr als Natur und eines Bruders Liebe.
(Gloster und Clarence flüstern miteinander.)
Komm, Clarence, komm; du kommst, wenn Warwick ruft.

Clarence *(die rothe Rose vom Hut nehmend)*.

Weißt du, was dies bedeutet, Vater Warwick?
Sieh her, ich werfe meine Schmach dir zu!
Nicht will ich stürzen meines Vaters Haus,
Der all sein Blut hergab zum Kitt der Steine,
Noch Lancaster erhöhn. Was, wähnst du, Warwick,
Der Clarence sei so hart, stumpf, unnatürlich,
Um wider seinen Bruder, seinen Herrn
Das tödliche Geräth des Kriegs zu wenden?
Du rückst vielleicht den heil'gen Eid mir vor;
Der Eid, wenn ich ihn hielte, wär' verruchter
Als Jephtha's, der die Tochter opferte.
Ich bin um meinen Fehltritt so betrübt,
Daß ich, um Edward's Liebe zu verdienen,
Zu deinem Todfeind mich erklären will,
Mit dem Entschluß, wo ich dich treffen mag —
Und treffen werd' ich dich, wenn du dich rührst —,
Dich schändlichen Verführer schlimm zu plagen.
Und also, stolzer Warwick, trotz' ich dir,
Und kehr' zum Bruder mein erröthend Antlitz. —
Edward, vergib: ich will mein Unrecht sühnen;
Und, Richard, zürn' ob meiner Fehler nicht:
Ich will hinfort nie wankelmüthig sein.

König Edward.

Willkommner jetzt und zehnmal mehr geliebt,
Als hätt'st du nimmer unsern Haß verdient.

Gloster.

Willkommen, Clarence; das ist brüderlich.

Warwick.

O Erzverräther du, eidbrüchig, schändlich!

König Edward.

Nun, Warwick, kommst du aus der Stadt, zu fechten?
Sonst fliegen bald die Stein' um deinen Kopf.

Warwick.

Ich bin hier nicht zur Nothwehr eingesperrt;
Ich will hinweg nach Barnet unverzüglich;
Da biet' ich dir die Schlacht, wenn du sie wagst.

König Edward.

Ja, Warwick, Edward wagt's und zieht voran. —
Ins Feld, ihr Herren! Sanct-Georg und Sieg!

(Trommeln. Alle ab.)

Zweite Scene.

Ein Schlachtfeld bei Barnet.

Getümmel und Angriffe. **König Edward** tritt auf, den verwundeten
Warwick führend.

König Edward.

Da lieg; stirb du und unsre Furcht mit dir!
Du warst ein Popanz, den wir all gefürchtet. —
Nun, Montague, sitz fest: dich such' ich nun;
Warwick's Gebein und deins soll in Gesellschaft ruhn!

(Ab.)

Warwick.

O, wer ist nah? Komm her, Freund oder Feind,
Und sag' mir, wer gewinnt, York oder Warwick?
Wozu noch fragen? Mein zerhackter Leib,
Mein Blut, mein krankes Herz und Ohnmacht zeigt,
Daß ich den Leib der Erde lassen muß
Und fallend meinem Feinde den Triumph.
So wankt die Ceder vor dem Hieb der Axt,

In deren Armen Schutz der Adler fand,
In deren Schatten König Löwe schlief,
Und deren Wipfel, Jovis Baum besiegend,
Die Sträuchlein schirmte vor des Winters Sturm.
Dies Auge, schwarz vom Todesschleier jetzt,
Hat einst, durchbohrend wie die Mittagssonne,
Der Welt geheimes Ränkespiel durchschaut;
Die Runzeln meiner Stirn, jetzt voller Blut,
Verglich man oft mit königlichen Grüften:
Denn welches Königs Grab konnt' ich nicht graben?
Wer durfte lächeln, wenn ich finster sah?
Sieh, nun verlischt mein Glanz in Staub und Blut!
Die Gärten, Forst' und Güter, die ich hatte,
Verlassen mich; von allem meinem Land
Bleibt nichts mir jetzt — als meines Leibes Länge.
O was ist Pomp, Macht, Reich — als Erd' und Staub?
Lebt wie ihr mögt, ihr seid des Todes Raub.

(Oxford und Somerset treten auf.)

Somerset.

Ach, Warwick, Warwick, wärest du wie wir,
Wir könnten den Verlust noch ganz ersetzen!
Die Königin bringt aus Frankreich große Macht;
Wir hörten's eben; könntest du doch fliehn!

Warwick.

So wollt' ich doch nicht fliehn. Ach, Montague,
Mein Bruder, wenn du's bist, nimm meine Hand,
Halt' meine Seele fest mit deinen Lippen!
Du liebst mich nicht; sonst wüschen deine Thränen
Dies kalte dicke Blut weg, welches mir
Die Lippen zuklebt und nicht sprechen läßt.
Komm hurtig, Montague, sonst bin ich todt!

Somerset.

Ach, Warwick, Montague hat ausgeseufzt,
Und bis zum letzten Röcheln rief er: Warwick!
Und sagte: „Grüßt mir meinen tapfern Bruder."
Er wollte mehr noch sagen, sprach auch mehr,
Was klang wie in Gewölben ein Geschütz
Und nicht mehr zu verstehn war; doch zuletzt
Vernahm ich noch wie er mit Stöhnen sprach:
„O Warwick, lebe wohl!"

Warwick.

Sanft ruhe seine Seele! — Flieht, Mylords;
Denn Warwick sagt Lebwohl auf Wiedersehn im Himmel!
(Er stirbt.)

Orford.

Fort, fort, zum großen Heer der Königin!
(Alle ab mit Warwick's Leiche.)

Dritte Scene.

Ein anderer Theil des Feldes.

Trompetenfanfare. König Edward kommt triumphirend mit Clarence,
Gloster und den übrigen.

König Edward.

So weit geht unsres Glückes Fahrt bergauf,
Und Siegeskränze zieren unser Haupt;
Doch mitten in dem Glanze dieses Tags
Entdeck' ich eine schwarze drohnde Wolke,
Die unsrer goldnen Sonne trotzen wird,
Eh sie im West ihr ruhig Bett erreicht:
Mylords, die Streitmacht, so die Königin
In Gallien warb, hat unsern Strand betreten
Und, wie wir hören, zieht zum Kampf heran.

Clarence.

Ein wenig Sturm wird dies Gewölk zerstreun
Und zu der Quelle wehn, woher es kam,
Dein Glanz allein wird diese Dünste trocknen:
Nicht jede Wolk' erzeugt ein Ungewitter.

Gloster.

Man schätzt die Königin auf dreißigtausend,
Und Somerset und Orford flohn zu ihr;
Wenn man sie erst zu Athem kommen läßt,
So wird ihr Anhang ganz so stark wie unsrer.

König Edward.

Wir haben Kunde durch ergebne Freunde,
Daß sich ihr Marsch nach Tewksbury gewandt;
Da wir auf Barnet-Feld im Vortheil blieben,
So laßt uns folgen; Eifer kürzt den Weg,
Und unterwegs wird unsre Macht sich mehren

In jeder Grafschaft, wie wir weiter ziehn.
Rühret die Trommeln; ruft: Wohlauf! und vorwärts.
(Trommeln. Alle ab.)

Vierte Scene.

Ebene bei Tewksbury.

Ein Marsch. Königin Margaretha, Prinz Edward, Somerset,
Orford und Truppen kommen.

Margaretha.

Ihr großen Lords,
Kein Weiser sitzt und jammert um Verlornes;
Nein, muthig bessert er den Schaden aus.
Ist schon der Mast nun über Bord geweht,
Das Kabel mittendurch, der Anker weg,
Die halbe Mannschaft in der Flut ersäuft —
Doch lebt noch der Pilot: ziemt sich's, daß er
Vom Steuer flieht und wie ein furchtsam Bübchen
Aus nassen Augen Wasser gießt ins Meer
Und das verstärkt, was allzu stark schon ist,
Indeß das Schiff bei seinem Winseln scheitert,
Das noch zu retten war durch Fleiß und Muth?
O welche Schmach, o welche Schuld wär' das!
Warwick war unser Anker; ja, was thut's?
Und Montague der Hauptmast; nun, was weiter?
Die andern unser Tauwerk; ei, was macht's?
Ei, ist nicht Orford hier ein andrer Anker?
Und Somerset ein andrer tücht'ger Mast?
Die Freund' aus Frankreich unsre Tau' und Segel?
Kann nicht, obschon unkundig, ich mit Edward
Einmal das Amt des kund'gen Lootsen führen?
Wir wollen nicht vom Steuer weg und weinen;
Ob auch der rauhe Wind Nein sagt, wir steuern
Von Sand und Klippen ab, die Schiffbruch drohn.
's ist gleich, ob ihr die See schmäht oder lobt:
Und was ist Edward als ein grausam Meer?
Was Clarence als ein Triebsand argen Trugs?
Und Richard als ein tödlich schroffer Fels?
Sie sämmtlich unsres armen Schiffleins Feinde!
Setzt, ihr könnt schwimmen: ach, das währt nicht lang';
Sucht auf dem Sand zu stehn: da sinkt ihr rasch;

Erklimmt den Fels: die Flut wäscht euch hinweg,
Sonst sterbt ihr Hungers — das ist dreifach Tod.
Dies sag' ich, Lords, damit ihr wohl versteht,
Falls euer einer gerne flöh' von uns,
Daß nicht mehr Gnade bei den Brüdern ist
Als bei grausamen Wellen, Sand und Klippen.
Muth also! Was nicht zu vermeiden ist,
Wär' kindisch zu bejammern oder fürchten.

Prinz.

Mich dünkt, ein Weib von solchem tapfern Sinn,
Wenn auch ein Feigling diese Worte hörte,
Erfüllte seine Brust mit Heldengeist,
Daß nackt er einen Mann in Waffen schlüge.
Dies sag' ich nicht als zweifelt' ich an euch;
Denn hätt' ich jemand im Verdacht der Furcht,
So hätt' er Urlaub, zeitig fortzugehn,
Daß er nicht andre ansteckt in der Noth
Und macht sie gleiches Sinnes wie er selbst.
Wenn hier ein solcher ist, was Gott verhüte,
So zieh' er ab, bevor wir sein bedürfen.

Orford.

Weiber und Kinder von so hohem Muth,
Und Krieger zaghaft — das wär' ew'ger Schimpf!
O wackrer Prinz, in dir lebt dein berühmter
Großvater wieder auf: lang' mögst du leben,
Sein Ebenbild, und seinen Glanz erneun!

Somerset.

Und wer nicht fechten will für solche Hoffnung,
Geh heim ins Bett, und wie die Eul' am Tage
Erreg' er, wann er aufsteht, Spott und Staunen.

Margaretha.

Dank, lieber Somerset! Dank, theurer Orford!

Prinz.

Nehmt dessen Dank, der noch nichts weiter hat.
(Ein Bote tritt auf.)

Bote.

Bereitet euch, Mylords, Edward ist nah,
Zum Schlagen fertig: also seid entschlossen.

Orford.

Das dacht' ich wol: 's ist seine Politik,
Zu eilen, um uns unbewehrt zu finden.

Somerset.

Allein er irrt; wir sind zum Kampf bereit.

Margaretha.

Dies labt mein Herz, so eifrig euch zu sehn.

Orford.

Hier laßt uns stehn zur Schlacht und nimmer weichen.
(Trompeten und Trommeln. König Edward, Gloster und Clarence kommen
mit Truppen.)

König Edward.

Dort, wackre Freunde, steht der Dornenwald,
Den wir, mit Gottes Hülf' und eurer Kraft,
Vor Abend an der Wurzel umhaun müssen.
Mehr Zunder braucht es nicht für euer Feuer;
Ich weiß, ihr lodert schon sie auszubrennen.
Gebt das Signal zur Schlacht, und drauf, Mylords!

Margaretha.

Lords, Ritter, Edle, Thränen widersprechen
Dem, was ich sprechen soll; bei jedem Wort,
Seht ihr, trink' ich das Wasser meines Auges.
Darum so viel nur: euer König ist
Des Feinds Gefangner, usurpirt sein Thron,
Sein Reich ein Schlächterhaus, sein Volk erwürgt,
Sein Schatz verthan, zerrissen sein Gesetzbuch;
Und drüben steht der Wolf, der dies verbrach.
Ihr kämpft fürs Recht; darum, in Gottes Namen,
Seid kühn und gebt uns das Signal zur Schlacht.
(Beide Heere ab.)

Fünfte Scene.

Getümmel, Angriffe und später ein Rückzug. Dann kommen König
Edward, Clarence, Gloster und Truppen, mit Margaretha,
Orford und Somerset als Gefangenen.

König Edward.

So. hier ein Ziel aufrührerischen Haders!

Hinweg mit Oxford nach dem Schlosse Ham;
Und Somerset, dem kürzt sein schuldig Haupt.
Geht, fort; wir wollen sie nicht sprechen hören.

Oxford.

Ich werde dich mit Worten nicht behell'gen.

Somerset.

Ich auch nicht, sondern still mein Schicksal tragen.
(Oxford und Somerset mit Wache ab.)

Margaretha.

So scheiden wir betrübt in arger Welt;
Doch froh vereint uns dort Jerusalem.

König Edward.

Ist ausgerufen, daß, wer Edward findet,
Fürstlich belohnt sein soll, und er verschont?

Gloster.

Jawohl; und seht, da kommt der junge Edward.
(Soldaten kommen mit Prinz Edward.)

König Edward.

Führt mir den Junker vor, gönnt ihm das Wort. —
Ei, fängt ein Dorn so jung zu stechen an?
Edward, was kannst du mir für Sühne geben
Für Waffentragen, Aufruhr meines Volks,
Und alle Drangsal, die du mir erregt?

Prinz.

Sprich wie ein Unterthan, ehrsücht'ger York!
Nimm an, ich sei jetzt meines Vaters Mund:
Entsage deinem Sitz; knie wo ich stehe,
Indeß ich dir dieselben Fragen stelle,
Auf welche du, Rebell, Antwort begehrst.

Margaretha.

O, wär' dein Vater auch so fest gewesen!

Gloster.

Da trüget Ihr noch heut den Weiberrock
Und hättet Heinrich's Hosen nicht gestohlen.

Prinz.

Aesop mag wol in Winternächten fabeln;
Hier passen seine hündischen Räthsel nicht.

Gloster.

Beim Himmel, Balg, ich plag' dich für dies Wort!

Margaretha.

Du kamst zur Welt, um unsereins zu plagen.

Gloster.

Um Gottes willen, schafft dies Schandmaul weg!

Prinz.

Stopft lieber diesem Bucklichten das Maul!

König Edward.

Still, trotz'ger Bub; sonst schließ' ich dir den Mund.

Clarence.

Du bist zu vorlaut, ungezogner Junge.

Prinz.

Ich kenne meine Pflicht; ihr alle brecht sie!
Wollüst'ger Edward, du meineid'ger George,
Und mißgestalter Richard du, ich sag' euch:
Ich stehe über euch, ihr Hochverräther;
Und du hast Heinrich's Recht und meins geraubt.

König Edward.

Nimm dies, du Abbild jener Schmäherin!
(Er durchbohrt ihn.)

Gloster.

Zappelst du? da! das deine Qual zu enden!
(Er durchbohrt ihn)

Clarence.

Und dies, weil du auf Meineid sticheltest!
(Er durchbohrt ihn.)

Margaretha.

O, tödtet mich auch!

Gloster (den Degen zückend).

Gewiß, sogleich.

König Edward.

Halt, Richard, halt! Wir thaten schon zu viel.

Gloster.

Wozu soll sie die Welt mit Worten füllen?

König Edward.

Sie fällt in Ohnmacht; bringt sie wieder zu sich.

Gloster (zu Clarence bei Seite).

Entschuld'ge mich beim König, meinem Bruder:
Ich will nach London um ein ernst Geschäft;
Eh ihr dahin kommt, hört ihr etwas Neues.

Clarence.

Was? was?

Gloster.

Der Tower! der Tower!

(Ab.)

Margaretha.

Mein Kind! Mein süßes Kind! Sprich doch zur Mutter!
Kannst du nicht sprechen? — — O Verräther! Mörder!
Die Cäsar schlugen, thaten keinen Mord,
Verbrachen nichts, verdienten keinen Tadel,
Wenn diese Blutthat dawär' zum Vergleich:
Er war ein Mann, dies gegen ihn ein Kind.
Kein Mann läßt seine Wuth an Kindern aus.
Mörder — was gibt es ärgres, daß ich's nenne!
Nein, nein, mein Herz wird springen, wenn ich rede;
Und reden will ich, daß mein Herz zerspringt.
Schlächter und Buben! Blut'ge Kannibalen!
Welch holde Pflanze mähtet ihr zu früh!
Ihr habt nicht Kinder, Schlächter; hättet ihr,
So hätt' euch der Gedank' an sie gerührt.
Doch, wenn ihr je ein Kind habt, dann erwartet
Es weggerafft zu sehn in seiner Jugend
Wie, Henker, dieser holde Prinz durch euch!

König Edward.

Hinweg mit ihr! Schafft mit Gewalt sie fort!

Margaretha.

Bringt mich nicht weg; hier gebt mir meinen Rest,
Hier steck' dein Schwert hinein! ich will's verzeihn.
Was. willst du nicht? — Dann Clarence. thu es du!

Clarence.

Bei Gott, ich will dir solchen Trost nicht geben.

Margaretha.

Thu's, guter Clarence; lieber Clarence, thu es!

Clarence.

Hörtest du nicht? Ich schwor, es nicht zu thun.

Margaretha.

Ja; doch du pflegst ja deinen Schwur zu brechen:
Erst war es Sünde, jetzt ein christlich Werk.
Was, willst du nicht? — Wo ist des Teufels Metzger,
Der grimme Richard? Richard, sprich, wo bist du?
Du bist nicht da! Mord ist dein Almosengeben;
Bettler um Blut jagst du nie von der Thür.

König Edward.

Fort, sag' ich; ich befehl' es, schafft sie fort!

Margaretha.

Euch und den Euren geh's wie diesem Prinzen!
(Ab.)

König Edward.

Wohin ist Richard?

Clarence.

Nach London, ganz in Eil', um dort vermuthlich
Ein blutig Abendmahl im Tower zu halten.

König Edward.

Er ist sehr rasch, sobald ihm etwas einfällt. —
Jetzt laßt uns das gemeine Volk entlassen
Mit Sold und Dank, und dann nach London ziehn,
Nach unsrer theuren Königin zu sehn;
Jetzt, hoff' ich, hat sie einen Sohn für mich.
(Alle ab.)

Sechste Scene.

London.   Ein Zimmer im Tower.

König Heinrich sitzt mit einem Buche in der Hand; der Commandant steht neben ihm. Gloster tritt auf.

Gloster.

Guten Tag, Herr!   Wie, so eifrig bei dem Buch?

König Heinrich.

Ja, guter Herr — „Herr" sollt' ich lieber sagen:
Schmeicheln ist Sünde, „gut" war nicht viel besser;
Denn „guter Gloster" wär' wie „guter Teufel"
Und gleich verkehrt: drum nicht „mein guter Herr".

Gloster.

Laßt uns allein; wir müssen uns besprechen.
(Der Commandant ab.)

König Heinrich.

So flieht der schlechte Schäfer vor dem Wolf;
So gibt das fromme Schaf zuerst sein Vlies,
Dann seine Gurgel an des Schlächters Messer! —
Welch blutig Stück hat Roscius jetzt zu spielen?

Gloster.

Argwohn ist stets in schuld'gen Herzen wach:
Der Dieb erblickt in jedem Busch den Häscher.

König Heinrich.

Der Vogel, der im Busch am Leim gesessen,
Mistraut mit scheuen Flügeln jedem Busch:
Ich, armer Alter Eines holden Vögleins,
Seh' vor mir nun das Schreckniß, wo mein Junges
Geleimt, gefangen und getödtet ward.

Gloster.

Was für ein Tölpel war der Mann von Creta,
Der seinen Sohn zum Vogel zugelehrt!
Der Narr ersoff trotz aller seiner Flügel.

König Heinrich.

Ich Dädalus; mein Knabe Ikarus;

Dein Vater Minos, der den Weg uns sperrte;
Edward die Sonne, die dem holden Jungen
Die Flügel abschmolz; und du selbst das Meer,
Deß böser Schlund sein Leben, ach, verschlang.
O tödte mich mit Waffen, nicht mit Worten!
Mein Herz fühlt lieber deines Dolches Spitze,
Als die Tragödie mein Ohr erträgt.
Was suchst du aber hier? mein Leben etwa?

Gloster.

Denkst du, ich sei ein Henker?

König Heinrich.

Ein Scherge bist du, deß bin ich gewiß;
Wenn Unschuld morden Henkerarbeit ist,
So bist du ja ein Henker.

Gloster.

Dein Kind erschlug ich seiner Frechheit halber.

König Heinrich.

Wärst du getödtet bei der ersten Frechheit,
Du hättest nicht gelebt mein Kind zu tödten.
Und also prophezei' ich: viele Tausend,
Die noch kein Theilchen meines Grauens ahnen,
Die Seufzer manches Greises, mancher Witwe,
Und mancher Waise thränenschweres Auge —
Die Greis' um ihre Söhne, Fraun um Gatten,
Die Waisen um der Aeltern frühen Tod —
Werden den Tag, der dich gebar, bejammern.
Die Eule kreischt', als du geboren wardst,
Die Krähe krächzte, böse Zeit verkündend,
Graunhafter Sturm riß Bäum' um, Hunde heulten,
Der Rabe kauzte auf dem Schornstein sich,
Und plappernde Elstern schrien in graus'gem Mißklang;
Deine Mutter fühlte mehr als Mutterschmerz
Und brachte wen'ger doch als Mutterhoffnung,
Ein garstig unreif Ungethüm, zur Welt,
Ungleich der Frucht von solchem wackern Baum.
Du hattest Zähn' im Kopf, als du zur Welt kamst,
Zum Zeichen, daß du kämst die Welt zu beißen;
Und wenn das andre wahr ist, was ich hörte,
Kamst du — —

Gloster.

Nicht weiter; stirb Prophet in deiner Rede!
(Er ersticht ihn.)
Für dies, zum Beispiel, ward ich auch bestimmt.

König Heinrich.

Ja, und für viele Morde noch nach diesem.
Verzeih dir Gott und meine Sünden mir!
(Er stirbt.)

Gloster.

Was? sinkt der Lancaster hochstrebend Blut
Doch in den Grund? Ich dacht', es würde steigen.
Seht, wie mein Schwert weint um den armen König!
O, stets vergieße solche Purpurthränen,
Wer je den Umsturz unsres Hauses wünscht!
Wenn noch ein Fünkchen Leben in dir ist,
Fort, fort zur Höll' —
(Er durchsticht ihn noch einmal.)
und sag', ich schickte dich,
Ich, der nicht Mitleid kennt, noch Lieb' und Furcht.
Ja, freilich ist es so wie Heinrich sagte;
Denn oft hab' ich die Mutter sagen hören,
Daß ich die Beine vorwärts kam zur Welt.
Hatt' ich nicht Grund zur Eil', um die zu stürzen,
Die unsres Hauses Recht sich angemaßt?
Die Hebamm' staunte, und die Weiber schrien:
„Hilf Jesus! Zähne bringt er auf die Welt!"
Und wirklich hatt' ich die: was klärlich zeigte,
Ich solle knurr'n und beißen wie ein Hund.
Gut, hat der Himmel so mein Fleisch geformt,
So soll die Höll' auch meinen Geist verzerren.
Ich habe keinen Bruder, gleiche keinem,
Und Liebe, die Graubärte göttlich nennen,
Kehr' ein in Menschen, die einander gleichen,
Und nicht in mir. Ich bin ich selbst allein. —
Hüte dich, Clarence, du stehst mir im Licht:
Ich aber mache dir pechschwarze Tage;
Denn Prophezeiungen raun' ich umher,
Daß Edward für sein Leben fürchten soll,
Und dann, um seine Furcht zu heilen, stirbst du.
Heinrich ist todt, und auch der Prinz sein Sohn;
Jetzt fahre George, und dann die andern hin:
Ich dünk' mich schlecht, bis ich der beste bin.
Ins Nebenzimmer mit dem todten Rumpf,
Und Heinrich's Untergang sei mein Triumph!
(Ab mit der Leiche.)

Siebente Scene.

Ein Zimmer im Palast.

König Edward auf dem Throne. **Königin Elisabeth** mit dem kleinen Prinzen, **Clarence, Gloster, Hastings** und andere um ihn her.

König Edward.

Noch einmal sitzen wir auf Englands Thron,
Den wir zurückkauft mit Feindesblut.
Wie tapfre Gegner, gleich dem Herbstkorn, haben
Wir hingemäht in ihrem höchsten Stolz:
Drei Herzoge von Somerset, dreimal berühmt
Als kühne, zuverläss'ge Paladine;
Zwei Cliffords, so den Vater wie den Sohn;
Und zwei Northumberlands, die bravsten Ritter,
Die bei Trompetenschall je Rosse spornten;
Das tapfre Bärenpaar Warwick und Montague,
Die König Leu in ihre Ketten legten,
Und wann sie brüllten, zitterte der Wald!
So fegten wir den Argwohn weg vom Thron
Und machten Sicherheit zu unserm Schemel. —
Komm, Betty, laß mich meinen Knaben küssen.
Für dich, mein Kind, hab' ich und deine Ohme
Im Harnisch oft die Winternacht durchwacht
Und sind zu Fuß marschirt in Sommers Glut,
Damit du einst die Kron' in Frieden tragest;
Und ernte du von unsrer Müh die Frucht.

Gloster (bei Seite).

Ich stör' die Ernte, wenn ihr nur erst lägt;
Denn noch bin ich nicht angesehn im Lande.
Mein Rücken ward so dick bestellt zum Heben,
Und heben soll er etwas, oder brechen.
Du ebne mir den Weg; du führ' es aus!
(Auf Kopf und Schwert deutend.)

König Edward.

Clarence und Gloster, liebt mein lieblich Weib;
Und küßt den königlichen Neffen, Brüder.

Clarence.

Die Treue, so ich Eurer Hoheit schulde,
Besiegl' ich auf des holden Säuglings Lippen.

Königin Elisabeth.

Dank, edler Clarence; würd'ger Bruder, Dank!

Gloster.

Wie ich den Baum, dem du entsprossest, liebe,
Zeugt dieser Kuß, den seine Frucht empfängt.
(Bei Seite:) Fürwahr, so küßte Judas seinen Herrn
Und sagte: Heil!, indeß er Unheil meinte.

König Edward.

Nun thron' ich so wie meine Seele wünscht:
Ein friedlich Reich und treue Brüder mein.

Clarence.

Mein Fürst, was soll mit Margarethen werden?
Ihr Vater Reignier hat dem König Ludwig
Sicilien und Jerusalem versetzt,
Und haben's hergeschickt zu ihrer Lösung.

König Edward.

Dann weg mit ihr, und fahrt sie heim nach Frankreich. —
Uns aber lasset jetzt die Zeit verbringen
Mit stattlichem Gepräng und lust'gen Schwänken,
Wie sich's für unsres Hofs Ergötzung schickt.
Trompeten, blast! Ihr Sorgen, bleibt zurück!
Denn jetzt beginnt, so hoff' ich, dauernd Glück.

(Alle ab.)